目次

小説「鉄格子のはめられた窓」ゆかりの地を訪ねて

©LTM/K.E. Vögele

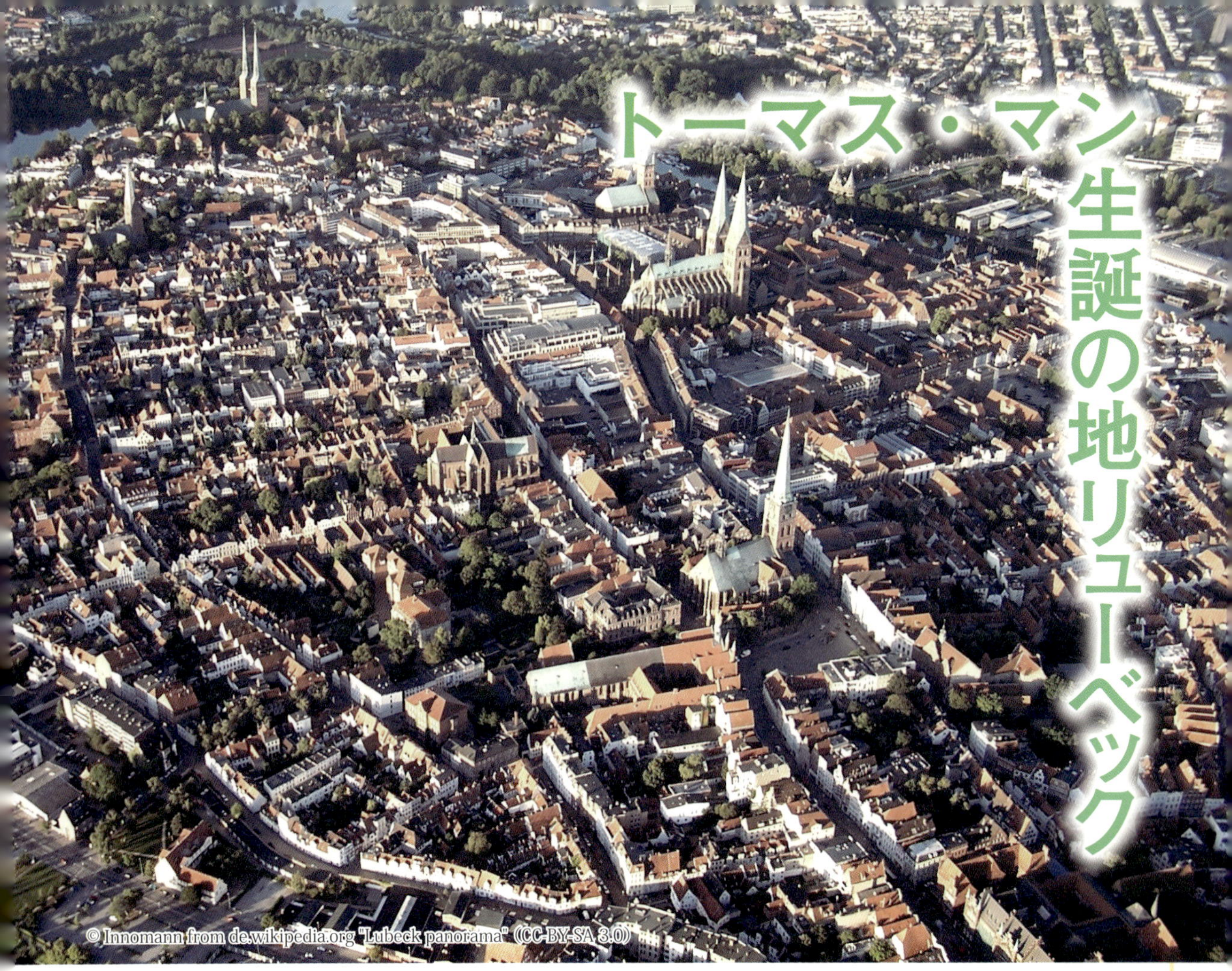

トーマス・マン生誕の地リューベック

北ドイツのリューベックは、小説『鉄格子のはめられた窓』の作者クラウス・マンの父で、20世紀最大の作家と称されるトーマス・マンの生まれ故郷である。小説の主人公で、実在の人物でもあるルートヴィヒ二世は、１８４５年、小説の作者クラウスは、それから約60年後、ともにミュンヒェンで誕生するが、その奇《く》しき縁《えにし》を紹介するには、リューベックから始めるのが至当であろう。

リューベックの起源は、12世紀にホルシュタイン伯アドルフ二世が、バルト海に通じるトラヴェ川の中洲に河港都市を建設したことに始まる。13世紀に北海・バルト海を商圏とする商業都市間でハンザ同盟が結成されると、リューベックはその盟主として発展した。「ハンザ」とは「商人仲間」という意味である。同盟都市間では共通の貨幣や陸海軍を有し、在外商館を設けるなど、相互の利益を図り、水産物や穀物、毛皮や木材などを取引して、14世紀には最盛期を迎えた。

リューベックやハンブルクなど北ドイツ沿岸で、こうした強力な都市同盟が形成された背景には、イギリスやフランスなどと異なり、ドイツでは王権が弱く、国家統一が遅れていたことが挙げられる。同盟都市間の連携を強めた結果、独自の自治や富とともに誇り高い市民階級意識が形成されるに至ったのである。しかし、16世紀以降、ヨーロッパで近代的国家が続々と形成され、海外進出が活発になると、ハンザ同盟は衰退し、１６４８年のウェストファリア条約締結によって同盟は解散することとなった。

[聖マリエン教会] 高い尖塔を特徴とするゴシック様式のプロテスタント教会で、1250年から1350年にかけて建造された。世界最大級のパイプオルガンがあることで知られる。

[リューベック旧市街（右）とその地図（下）] バルト海に通じるトラヴェ川沿岸の中洲に築かれた港湾都市で、旧市街は川と運河で囲まれている。

[ホルステン門] 1478年に建造された旧市街の城門。アーチ式出入り口の上部には、ラテン語で「内に結束、外に平和を」の文字が刻まれている。

[ブデンブロークハウス] 共に小説家のトーマス・マンと兄ハインリヒを記念した博物館。兄弟がかつて過ごした祖父母の家だった。

[リューベック市庁舎] 雄牛の血をまぜて焼いたとされる黒煉瓦造で、青銅色の尖塔を特徴とするゴシック様式の建物。1158年から翌年にかけて建造され、数回の改築を経て今の姿になった。

衰えたとはいえ、その後もリューベックは北ドイツの重要な貿易港としての地位を保ち続けた。トーマス・マンの生家も、この地で有力な穀物商会を経営する名家であった。1891年トーマスの父ヨハンが敗血症《はいけつしょう》で亡くなると、一家は商会を閉じてミュンヒェンに移住するが、リューベックで生まれ育ったトーマスにとって、父親ゆずりの誇り高い市民階級意識を、終生忘れることはなかった。

　世界文化遺産に登録された「ハンザ同盟都市リューベック」の旧市街には、今でも昔日《せきじつ》の繁栄をしのばせるキリスト教会や修道院、博物館、美術館が各所に優雅なたたずまいを見せる。その中心部にある「ブデンブロークハウス」には、マン兄弟の生涯と主な作品が展示・紹介されている。

中世の伝説を歌劇で再現したヴァーグナー

［バイロイト祝祭歌劇場（上）を会場とするバイロイト音楽祭（左）］ 1875年にヴァーグナーが作曲した『ニーベルンゲンの指環』を上演するために創設された歌劇場。今でも7～8月にヴァーグナーの歌劇を演目とする音楽祭が開催されている。

18世紀のヨーロッパは、理性と科学を重視する啓蒙主義に支配されていたが、19世紀に入ると、その反動として人間本来の感情に訴える伝統文化や神話、伝説を重視するロマン派音楽やロマン主義文学がもてはやされるようになった。北ドイツで生まれ育ったトーマス・マンも、幼少期からゲルマン神話や中世騎士道伝説に親しんだが、19世紀ドイツの歌劇作曲家で、「楽劇王」の名で知られるリヒャルト・ヴァーグナーも、その一人であった。

音楽好きの家庭に育ったヴァーグナーは、ウェーバーやベートーヴェンの影響で、10代半ばで作曲家をめざすが、大きな実績を残せないまま、各地の歌劇団の指揮者をマルデブルクやドレスデン、フランスのパリを転々として、貧困のうちに青年時代を送った。失意のうちに、1842年ドレスデンに戻ったヴァーグナーは、ザクセン王国宮廷楽団の指揮者として、パリで作曲した『さまよえるオランダ人』や、ドレスデンで作曲した『タンホイザー』を初演するが、大した評価を得られなかった。

それらのうっぷんを晴らすかのように、ヴァーグナーは、1849年ドレスデンで起こった革命を指揮《しき》するが、革命は失敗に終わり、

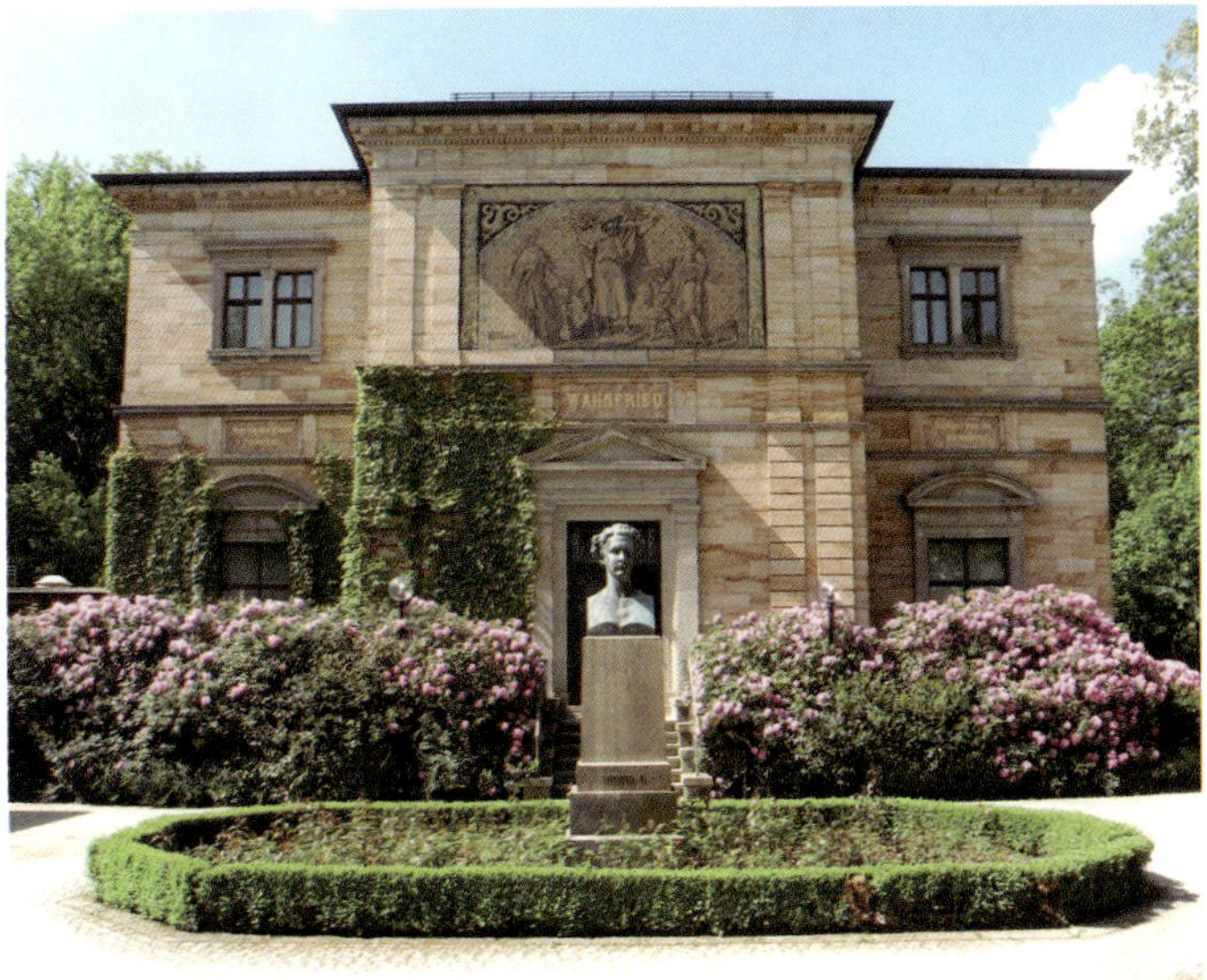

[リヒャルト・ヴァーグナー博物館] バイロイト市内にある「ヴァンフリート館」は、ヴァーグナーと妻コジマが晩年に住んだ家。前庭にはルートヴィヒ二世の胸像（写真手前）があり、裏庭にはヴァーグナー夫妻の墓がある。©GNTB/Bayreuth Marketing & Tourismus GmbH

[リヒャルト・ヴァーグナー（右）と妻コジマ（左）] ヴァーグナーは恋多き男で、23歳で女優ミンナと結婚するが、亡命中に別居したまま数人の女性と浮名を流し、離婚。その後フランツ・リストの娘コジマと恋仲になって娘イゾルデをもうけ、亡くなるまで添い遂げた。

©2005. JosefLehmkuhl "Festspielhaus Bayreuth Innen"(CC-BY-SA 3.0)

9年間スイスでの亡命生活を余儀なくされた。その間も歌劇の作曲を続け、1859年には代表作『トリスタンとイゾルデ』を作曲するなど、雌伏《しふく》の日々を送った。そうした不遇の日々が終わるのは、1864年にバイエルン国王ルートヴィヒ二世の招きを受けてからである。

ルートヴィヒ二世は、1862年、16歳の時ミュンヒェンの宮廷歌劇場で中世騎士道伝説に採話した歌劇『ローエングリーン』を見て感激。1864年に父王マキシミリアン二世の急死で王位に就くと、敬愛するヴァーグナーを破格の待遇でミュンヒェンに呼び寄せた。しかし、ヴァーグナーに対する過度の庇護《ひご》は、王族や政府要人の反感を買い、ヴァーグナーはわずか1年でバイエルンを去ることとなった。

1872年、ヴァーグナーは、愛妻コジマとともにバイロイトに移住し、ルートヴィヒ二世の援助を受けて、自らの作品を上演するためのバイロイト祝祭歌劇場の建設に着工。1876年の完成とともに、長年の課題としてきた超大作歌劇『ニーベルングの指環《ゆびわ》』を初演した。1882年には神聖祝典劇『パルジファル』を作曲するが、自らの手で初演することはなく、1883年にヴェネツィア旅行中に客死した。

中世騎士伝説を夢見たルートヴィヒ二世

［ミュンヘン新市庁舎］マリエン広場に面して建つ。高さ 85 m の尖塔をもつ古典的外観だが、ルートヴィヒ二世が王位にあった 1867 年に着工され、死後の 1907 年に竣工した近代建築である。

トーマス・マンの家族がミュンヘンに移住した１９０５年を遡《さかのぼ》ること60年ほど前、ミュンヘン郊外にある宮殿ニンフェンブルク城で、男の子が誕生した。バイエルン国王ルートヴィヒ一世の皇太子マキシミリアンの嫡男ルートヴィヒ二世である。１１８０年以来バイエルンの地を統治してきたヴィッテルスバッハ家は、神聖ローマ帝国の選帝侯（皇帝を選ぶ有力者）に任じられてきた一族で、かつては皇帝を輩《はい》出《しゅつ》するほどの名門であった。

ミュンヘンのほぼ中央に位置するマックス・ヨーゼフ広場には、マキシミリアン一世（マックス・ヨーゼフ）の銅像が立つ。19世紀初頭、ドイツ南部がフランスのナポレオン軍に支配されていたころ、その統治に協力した功績で、バイエルンは公国から王国へ昇格した時の初代国王である。その後を継いだのが、ミュンヘンをヨーロッパ有数の近代的文化都市として花開かせた、ルートヴィヒ一世である。

ルートヴィヒ二世が生まれて3年後、父マキシミリアン二世が即位した１８４８年に弟オトが誕生している。母マリーは飾り気のないさっぱりとした人だったが、父王は几帳面でストイックな性格の持ち主で、ルートヴィヒ二世は、幼いころから厳格な帝王学を施されて育てられたといわれている。そうした影響からか、ルートヴィヒ二世は、多感な少年時代に一人でゲルマン神話や中世伝説などを題材とした本に読みふけることが多く、いつしか中世の騎士に強い憧れを抱き、自分の姿を重ね合わせるようになった。

[バイエルン国立歌劇場] 1811 年に建造された宮廷劇場に始まり、1865 年にはヴァグナー作の歌劇『トリスタンとイゾルデ』が初演された。火災や戦災にあったが、1963 年現在の建物が完成した。

[ニンフェンブルク城] ミュンヒェンの西郊外にあるヴィッテルスバッハ家の夏の離宮。17 世紀に建てられたバロック様式の城で、ルートヴィヒ二世誕生の地でもある。

[マキシミリアン二世の家族]

[ミュンヒェン・レジデンツ] ヴィッテルスバッハ家の王宮。1385 年の建築以来、増改築が繰り返されて、複雑な構造をしているが、訪れたゲーテやナポレオンも、華麗さに賛嘆の声を上げたという。幼少期のルートヴィヒ二世と弟オトも、ここを生活の場とした。

戦いの現実から逃れるために築かれた城

［ノイシュバンシュタイン城全景］ルートヴィヒ二世の指示で、1869年から1886年にかけて建造されたネオロマネスク様式の城。1866年の普墺戦争でプロイセンに敗れたことで、自分だけの夢の世界を作ろうとしたが、結局未完に終わった。

夢の城─ノイシュバンシュタイン城

ルートヴィヒ二世が即位したころ、バイエルンを取り巻く国際情勢は、複雑さを加速していた。ドイツは、王権の強いイギリスやフランスと異なり、古くから諸侯が統治する多くの分邦からできていたが、19世紀に入ってドイツでも産業革命が発展すると、広範な経済圏を獲得するために統一国家を求める声が高まった。ドイツ人を中心とする多民族国家・オーストリアが唱える「大ドイツ主義」と、ドイツ人国家だけで統一しようとするプロイセンの「小ドイツ主義」との主導権争いが生じたのである。

プロイセンは、統一国家実現に向けて、4つの王国と18の君主国、リューベックをはじめとする3つの自由都市を支配下に収めた北ドイツの強国で、その実権を握るのは「鉄血宰相」の異名で知られたビスマルクであった。しかし、バイエルンは、もともとオーストリアを中心とする神聖ローマ帝国のカトリック教文化圏を構成する選帝侯国であり、両国は姻戚関係にもあった。そのため、議会はオーストリア側につくことを決議し、国王に動員令への署名を求めたが、ルートヴィヒ二世は署名を終えると、ミュンヒェン郊外のベルク城に引きこもってしまった。中世以来の精神世界を理想とし、騎士伝説を愛するルートヴィヒ二世にとって、戦争という惨《むご》たらしい現実は、耐え難いものだったのである。

1866年6月16日、プロイセン・オーストリア（普墺）戦争が始まると、プロイセン軍はいち早く鉄道による兵員輸送や軍事的命令伝達のための通信網を利用して、開戦と同時

［居間］ 王専用の小部屋と接客用サロンとに分かれている。壁面には、ヴァーグナーも歌劇の題材とした『ローエングリーン』の一場面が描かれている。

［玉座の間］ 金と青の装飾を施した城内屈指の豪華な広間で、天井は吹き抜けとなっており、壁面にはキリストやマリアなどが描かれている。しかし、肝心の玉座は、主の死により未完のままだ。

［執務室］ ルートヴィヒ二世が書斎として使用していた。ロマネスク様式の装飾で彩られており、歌劇『タンホイザー』の壁画が描かれている。

［歌人の間］ ヴァグナーに心酔したルートヴィヒ二世が、歌劇『タンホイザー』の舞台となったヴァルトブルク城の歌人の間をモデルとして作った。しかし、生前には一度も使われなかった。

P9の写真4点とも　©GNTB/Foto-Design Ernst Wrba

に進撃を開始。開戦からわずか7週間にして勝敗は決し、プロイセンはドイツ統一の主導権を確かなものとした。バイエルンは巨額の賠償金と引き換えに、辛うじて独立を守ることとなった。翌年、ルートヴィヒ二世はオーストリア国王の皇后エリーザベトの妹ゾフィーと婚約するが、現実の女性との結婚を厭《いと》い、一方的に婚約を解消すると、押し迫る戦争の影から逃れるように、アルプス山脈の麓《ふもと》の険しい山頂にノイシュバンシュタイン城をはじめとする騎士伝説に彩られた「夢の城」を築き、精神的平和を思い描いたのである。

[ヘレンキームゼー城] フランス・ブルボン朝のルイ十四世を敬愛したルートヴィヒ二世が、パリのヴェルサイユ宮殿をモデルに建造した。景勝地で知られるキーム湖に浮かぶヘレン島にある。 ©GNTB/Foto-Design Ernst Wrba

贅《ぜい》を尽した宮殿—ルイ十四世への憧れ

プロイセン・オーストリア（普墺《ふおう》）戦争で勝利して以来、ドイツ統一の主導権を握ったプロイセンは、スペインの王位継承をきっかけとして、フランスと開戦した。ナポレオン時代の復讐を企《くわだ》てるプロイセンの宰相ビスマルクが、偽《にせ》電報で反フランスの世論をあおり、ドイツ統一の気運を高めようとしたのである。これを受けて1870年7月19日、フランスがドイツに宣戦布告し、プロイセン・フランス（普仏《ふふつ》）戦争が始まった。さらに、プロイセンの支配下にあったバイエルン王国なども参戦、全ドイツ対フランスの様相を呈《てい》するようになった。

戦争は、1と月半余りで武器・装備のみならず兵員にも勝るプロイセン軍の勝利に終わった。その結果、プロイセンは、ドイツ統一を成し遂げた。1871年1月18日、プロイセン国王ヴィルヘルム一世は、敗戦国フランスの王宮・ヴェルサイユ宮殿でドイツ帝国初代皇帝として即位した。一方、普墺戦争では賠償金を背負わされたバイエルン王国には、謝礼金が転がり込んできた。

ルートヴィヒ二世は、絶対王政華やかなりし時代のフランス国王・ルイ十四世に憧れていた。神の前で塗油《とゆ》された者こそ、真の王に相応《ふさわ》しいと信じ込んでいたからである。その都パリでヴェルサイユ宮殿を目《ま》のあたりにしたルートヴィヒ二世は、帰国後もミュンヒェンに戻らず、ルイ十四世の宮殿を模した城の築城に没頭《ぼっとう》した。それが、不滅の王国を築く前提であるかのように……。

1874年、ノイシュバンシュタイン城に隣接して、リンダーホーフ城の建設に着手。1878年に完

[ヘレンキームゼー城　大階段]「ヴェルサイユの大天使の階段」と呼ばれる壮麗な階段。壁や床が多彩な大理石のモザイクが施されている。 ©GNTB/McDonald, Jim

[リンダーホーフ城　ヴィーナスの洞窟] 当時の最新技術を駆使して造られた人工の洞窟。ルートヴィヒ二世が、ここから貝型の舟に乗って湖で白鳥と遊覧したという。

[リンダーホーフ城　謁見《えっけん》の間] 本来、王が訪問者に謁見する部屋だったが、ルートヴィヒ二世は書斎として使用していた。

成すると、まもなくミュンヒェンの南東に位置するキーム湖に浮かぶ島上にヘレンキームゼー城の建造を開始した。この城もまた、ヴェルサイユ宮殿をモデルとしたものであった。続いて1883年には切り立った山頂にファルケンシュタイン城の築城を開始する。さらにこの年、心の支えとしてきたヴァーグナーがイタリアのヴェネチアで急死すると、翌年には、焦燥感に駆られたように、建築中のノイシュバンシュタイン城に引きこもり、寝室と人工の鍾乳洞に入り浸るようになったという。

[リンダーホーフ城　モロッコ風の家内部] ルートヴィヒ二世が、1878 年のパリ万国博覧会を訪れた際に購入し、家の内部を思うがままに改装した。

[ヘレンキームゼー城　鏡の回廊] ヴェルサイユ宮殿の「鏡の回廊」を模して設計された。回廊は、ヴェルサイユ宮殿より 25m 長く全長 98m に達する。城内最大の見どころ。

［ベルク城（上）と晩年のルートヴィヒ二世（右）］ シュタインベルク湖の東湖畔に建つネオゴシック様式の城。ルートヴィヒ二世は、かねてから夏の離宮《りきゅう》として利用してきた。しかし、1886年6月12日に逮捕されて、この城に幽閉され、医師グデンと湖畔へ散策に出たまま帰らぬ人となった。

ルートヴィヒ二世終焉の地―ベルク城

相次ぐ城の建設による財政赤字と政情不安による経済恐慌、さらには国王らしからぬ奇行に危機感を抱いた王室や政府は、精神科医ベルンハルト・フォン・グデンに働きかけて、ルートヴィヒ二世を精神疾患と診断させ退位に追い込み、1886年6月12日ミュンヒェン南にあるベルク城に幽閉した。翌13日ルートヴィヒ二世はグデンとともに、シュタルンベルク湖畔の散歩に出かけたまま城には戻らず、その日の夜、二人は湖畔で水死体となって発見された。その報を耳にしたオーストリア皇后エリーザベトは、衝撃のあまり茫然《ぼうぜん》として「あの子は精神の病ではなく、夢を見ていただけ……」ともらしたという。ルートヴィヒ二世が唯一信頼していた女性のいつわらざる言葉であった。

『鉄格子のはめられた窓―ルートヴィヒ二世の悲劇―』
＜まえがき＞

トーマス・マン父子とその時代

小説『鉄格子のはめられた窓』は、20世紀最大の作家とも言われるドイツ文学者で、ノーベル文学賞受賞者でもある、トーマス・マンの長男、クラウス・マンの作品の一つである。クラウスは、若くして反ナチズムの運動家として亡命生活を強いられ、１９４９年に睡眠薬自殺を遂げている。この小説は、19世紀にドイツ南西部のミュンヒェンを都とするバイエルン王国で起きた国王ルートヴィヒ二世の悲劇を題材としたものである。クラウスが、なぜこの作品を残したかについては詳らかではないが、作者とその作品の主人公との間には、不思議な縁《えにし》で結ばれていることを知ることができる。それには、まずトーマス・マンとクラウスの生きた時代を紹介したい。

マン家の没落とミュンヒェンへの移住

クラウスの父トーマス・マンは、１８７５年バルト海や北海を舞台とする交易で栄えたハンザ同盟都市リューベックで穀物商会を営む豪商の家に生まれた。ハンザ同盟は、当時すでに解散していたが、リューベックはかつて同盟の盟主として繁栄した自治都市の伝統を残し、自

[幼少期のトーマス・マン]
読書好きの家庭環境のもとで、幼少期から読書にふけったとされる。

[リューベック市街]　バルト海に通じる川や運河に囲まれた貿易の拠点都市として、とくに 13 ～ 16 世紀に繁栄し、「ハンザの女王」と呼ばれた。

[ミュンヒェン市街地] 16 世紀以来、バイエルン公国、19 世紀初頭からはバイエルン王国の都として繁栄した。現在はバイエルン州の州都で、南ドイツの政治・経済・文化の中心地となっている。

由な気風に満ちていたとされる。トーマスの祖父や父も市の代表や役員を務める名士で、教養豊かで読書好きの家系だった。１８９１年トーマスが16歳の時、父ヨハンが他界。マン家は、約１００年にわたる歴史を持つ商会を閉じ、家や家財を売り払ってドイツ南西部のミュンヒェンに移住することにした。トーマスは高等学校（ギムナジウム）に在学中だったため、92年ミュンヒェンに移り住んだ。当時のミュンヒェンは、ルートヴィヒ二世がかつて王位にあったバイエルン王国の都であった。

ミュンヒェンに落ち着いたトーマスは、火災保険会社の見習い社員として働くかたわら小説の執筆を試みた。父親譲りの実直な市民意識と母親から受け継いだ芸術家気質、青年らしい生と死をめぐる相克に悩み、脱落者や病者など市民社会から疎外された人たちを題材として扱い、１８９２年10月、処女作となる短編小説『転落』を発表して注目される。火災保険会社を退社してミュンヒェン工科大学で聴講しながら小説の執筆を続け、短編小説を相次いで発表して作家としての地歩を固めた。

１８９７年、トーマスと兄ハインリヒは、ローマで絵本の合作に取り組むうちに、マン家の盛衰をテーマとした小説の共同執筆を思い立つ。しかし、兄は次第に興味を失っていくが、トーマスは約2年半の執筆期間を経て、１９０１年5月初の長編小説『ブデンブローク家の人々』を完成。ヨーロッパ各国で翻訳されて好評を博した。１９０３年には初期短編小説の代表作『トーニオ・クレーガー』を発表して、一躍ドイツ文学界を代表する作家となった。

　１９０５年２月、トーマス・マンは、ミュンヒェン大学教授の数学者の娘で、当時学生だったカタリーナと結婚。その年11月に長女エーリカ、翌年には長男クラウスが誕生した。以後、１９１９年までの間に次男ゴーロ、次女モーニカ、三女エリーザベト、三男ミヒァエルの３男３女をもうけた。その間の１９１２年、カタリーナは肺結核を患い、スイスの保養地ダヴォースで半年間の療養生活を送ることとなる。その年の夏見舞いに訪れたトーマスは、妻から聞いた体験談やエピソードをもとに、『魔の山』の執筆に着手。第一次世界大戦を挟んで12年間書き続けられ、１９２４年に脱稿した。

　フランス革命後に始まる19世紀初頭のナポレオン戦争は、オーストリアを中心とした神聖ローマ帝国のみならず、緩やかな連邦制をしくドイツ固有の政治体制や文化を破壊する「民主主義」の押し売りに等しいものであった。そのため、トーマス・マンにとって、第一次大戦は、ローマカトリック教会に代わる「民主主義」というイデオロギーによりドイツ文化が侵略されているように感じた。そうしたマンの精神的背景には、幼いころから慣れ親しんだドイツ神話や伝説があったとされる。

　しかし、マンのドイツ文化擁護も空しく、プロイセン・フランス戦争（普《ふ》仏《ふつ》戦争１８７０～７１年）後に統一されたドイツ帝国は、第一次大戦後に崩壊した。１９１９年には世界で最も民主主義的とみなされたヴァイマル憲法が制定されて、ドイツは共和国として生まれ変わった。『魔の山』を転機として、民主主義を歴史的に不可逆な出来事と受け入れたトーマス・マンは、ヴァイマル体制のもとでのドイツ文化の発展を国民に訴えるようになった。

[食料品店につめかけたベルリン市民] 時間とともに値上がりするハイパーインフレに直面した人々は、連日食料店への行列を余儀なくされた。

［ミュンヘン一揆］市の中心部にあるマリエン広場に集結したナチ党の突撃隊（右）。

［政権を奪取したナチ党］ヴェルサイユ体制に対する民衆の不満は、ヒトラー率いるナチ党に対する熱狂的支持へと傾斜していった。

ナチズムの台頭とマン家の人々の亡命

ヴァイマル体制の下で、ドイツ経済は、ヴェルサイユ条約で課せられた莫大な賠償金と超インフレに陥《おちい》り、国民の生活は極度に疲弊した。労働者の不満を吸収してドイツ共産党が台頭する一方、反ヴェルサイユ体制による国民社会主義（Nationalsozialismus, ナチズム）も勢力を増した。１９２３年には、フランスとベルギーがドイツの賠償金未払いを口実にルール地方を占領すると、これに抵抗して労働者たちはゼネストを敢行。ヒトラーの率いるナチ党は、ミュンヘン一揆を起こすが、鎮圧される。その後、ドイツ経済はアメリカからの支援と１９２８年の国際連盟加盟で安定を取り戻す。それも束の間、１９２９年には世界恐慌で一気に暗転。１９３０年の総選挙でナチ党が大躍進を遂げる。

これに危機感を強めたトーマス・マンは、新聞などで反ナチズムの論陣を張り、ベルリンでは「理性に訴える」と題した講演を行うなど、ナチズムの危険性を訴えた。しかし、１９３３年1月ナチ党のヒトラーが政権を握ると、トーマス・マンは、兄ハインリヒとともにドイツ・アカデミーを脱退、その後妻カタリーナとアムステルダムからパリに向けての講演旅行中に、ミュンヘンで反ナチズムの活動をしていた息子クラウスらの忠告を受けて、ひとまずスイスに亡命した。

クラウス・マンも、偉大な作家である父トーマスにならって18歳から小説を書き始めるが、本格的に執筆活動

［クラウス・マン著『マン家の人々―転回点１』（1970年晶文社刊）］クラウスの半生は、時には偉大な父にそむき、時にはファシズムと共に戦う歳月だった。

［クラウス・マン］今に残る貴重な遺影の一つ。

に入るのは、１９３３年にナチ党の手を逃れてオランダに亡命してからのことである。アムステルダムでは文芸雑誌『集合』を刊行、１９３５年に『小説チャイコフスキー』、翌年には小説『メフィスト』を出版。母カタリーナがユダヤ人だったため、ドイツの市民権を剥奪《はくだつ》されたあと、１９３６年には両親とともにチェコスロバキアの市民権を獲得し、まもなくアメリカへと亡命した。

クラウス・マンは、ミュンヒェン在住のころから反ナチズム活動家として行動し、同性愛者として周囲の偏見の目にさらされることとなった。それらのいきさつは、１９４２年、アメリカで発表された自伝『転回点』（日本版『マン家の人々―転回点１』１９７０年晶文社刊）に詳述《しょうじゅつ》されている。「幼年時代の神話」という章の中では、幸福な無知の時代を回顧する一方、その後の記憶の中で、借金のために自殺した叔父《おじ》や日々の苦悩の末、自殺を遂げた３人の叔母《おば》たちの死の影が、その後のクラウスに付きまとっていたことが明らかにされている。

青年時代には遭遇した２人の親友で、同性愛相手の自殺が、クラウスをさらに死へと招きよせることになる。１人目の自殺者は、幼児期からの友人で、芸術を愛するリキー・ハルガルテンであった。豊かなユダヤ人実業家の家庭に生まれて何不自由なく暮らしていながら、豊かさで満ち足りていればこそ、生きていることの目的を失い、死に魅せられることもある。１９３２年、クラウスは姉エーリカともう一人の女友だちとともに、死の誘惑にとりつかれたリキーをペルシア旅行に連れ出すが、勇んで出かけたはずの旅先で、リキーはピストル自殺する。

その３年後の１９３５年には、クラウスにとって最後の親友で同性愛の相手でもあった、反ファシズム活動家の詩人ルネ・クルヴェルが睡眠薬を飲み、ガス栓を開いて自殺する。そのきっかけは、同年反ファシズム国際作家会議参加のため、パリへやってきたシュールリアリズムの旗手アンドレ・ブルトンとソ連の共産主義文化人イリア・エレンブルグが路上で殴り合うのを目撃したルネが、自らの傾倒する反ファシズム指導者たちの姿に幻滅して生きる意欲を失ったからだとされている。

[ロートレック作のポスター『ムーラン・ルージュのラ　グーリュ』]「ベル・エポック」は、ムーラン・ルージュに代表される夜の世界での歌とダンス、そして酒にまみれた享楽の時代でもあった。

産業革命がもたらした富と孤独と戦争

　19世紀後半から20世紀前半にかけての近代に至って、自殺さらには同性愛が、流行《はや》り病《やまい》のようにヨーロッパ諸国を覆うことになったのは何故か。それは、17世紀にイギリスで起こった市民革命に続く科学革命、さらには産業革命の発展がもたらした富や欲望と無縁ではないだろう。ニュートン力学以降の科学革命と、それに続く蒸気機関の発明をきっかけとする産業革命は、宗教的世界観からの人間の解放であり、物質文明と資本主義体制の発展による欲望の解放でもあった。それらは、フランス革命後のナポレオン戦争においては、ヨーロッパ諸国に国民国家としてナショナリズムの高揚をもたらし、戦争の時代の幕開けを告げる結果となった。さらに蒸気機関の改良による鉄道と蒸気船の普及は、アメリカ大陸の開発、海外植民地獲得競争という新たな国際的対立関係を生み出したのである。

　そうした宗教からの解放と富や資本の蓄積は、新たな文化や芸術の誕生をも促した。とりわけフランスのパリに見られる華やかな消費文化の時代は「ベル・エポック（良き時代）」と呼ばれ、１９００年のパリ万国博覧会を頂点とし、第一次世界大戦前夜まで続いた。オーストリアのウィーンでも、神聖ローマ帝国の中心都市としてドイツ人やスラブ人、マジャール人らが集う多民族都市として、独自の世紀末文化が発展した。それらは、宗教的倫理や信仰から解き放たれた分だけ、自由で斬新ではあったが、その半面では孤独と精神的不安、虚無的な面と享楽的で官能的な面とを兼ね備えていた。古来ヒューマニズムの起源とされるギリシャ神話や中世ロマンチシズムに散見される同性愛的表現が、19世紀に至って堰《せき》を切ったように登場したのは、偶然の一致ではない。

　クラウス・マンの小説『鉄格子のはめられた窓』に登場するルートヴィヒ二世が愛した作曲家リヒャルト・ヴァーグナーや役者ヨーゼフ・カインツに対する感情も、そうした近代人に顕著な性的志向を表現しているとみてよいだろう。クラウスは、第二次世界大戦が勃発した１９３９年、長編亡命小説『火山』を刊行したが、作者自身、反ナチズム活動家の戦いと同性愛の日々をテーマとする、この作品を「私の最大にして、最高の作品」と形容したという。

　1933年以来オランダやフランス、スイス、さらにはアメリカなどを転々として亡命生活を送ったクラウスにとって、亡命とはファシズムの不気味な影におびえる逃避の日々であり、「苦悩に満ちた退屈きわまりない愛欲の日々」でもあった。その姿は、1866年のドイツ統一の主導権をめぐるプロイセン・オーストリア戦争（普墺《ふおう》戦争）でオーストリア側について敗れ、莫大な賠償金を背負わされ、1870年にはナポレオン戦争以来の対立関係にあるプロイセン・フランス戦争（普仏《ふふつ》戦争）と相次ぐ戦争に翻弄《ほんろう》されて、ヴァーグナーとの同性愛や中世騎士伝説『ローエングリーン』のロマンチシズムへと逃避したルートビッヒ二世の姿と重なって見えたのだろう。

［トーマス・マン］クラウス死後から4か月後の1949年7月、戦後初めてドイツを訪れ、フランクフルトでゲーテ賞を受賞した。

　クラウスの亡命小説『火山』で描かれた反ナチズム活動という政治的・社会的問題と、亡命者たちの同性愛という個人的、審美的問題を別次元のテーマとする見方もあるが、クラウス自身が言うように「反ナチズム亡命をテーマとしているからこそ、それに打ち勝つために麻薬と同性愛が必然」だったとする見方もある。そのいずれを妥当とするかは、推し量りがたいものがある。しかし、少なくとも、作者が小説の中で言っているように、「ナチズムが個人の生活を破壊し、それに反するものを恐怖と孤独に陥《おとしい》れる」という因果関係があることだけは確かだろう。

　1886年、狂気を理由に国王退位に追い込まれたルートヴィヒ二世は、ミュンヒェン郊外のベルク城に幽閉され、侍医のフォン・グデンとともにシュタルンベルク湖畔で水死体となって発見された。当時ドイツに留学していた森鷗外は、帰国の翌1889年、国王の悲劇を扱った小説『うたかたの記』を発表している。ルートヴィヒ二世の死後63年を経た1949年、クラウス・マンは地中海に臨むフランス南西部のリゾート地カンヌで、愛する二人の友を追うように自殺した。その報に接したトーマス・マンは、悲しみを押し殺すように「なんとか地上に引き留めてやりたかった」と漏らしたという。

（戸松大洋）

∞王位を追われたルートヴィヒ二世∞

「国王陛下がいらっしゃった！」と、召使いたちが口々に言い合い、驚きの表情を隠さなかった。何人かは、我先に2階の回廊の窓辺に駆け寄り、他の者は階下のホール、あるいは城の前の砂利を敷きつめた広場へと降りていった。

彼らの誰もが、何が起こったかを知っており、この瞬間を戦慄と緊張の混じった気持ちで迎えないものはなかった。彼らの主人であるバイエルン国王のルートヴィヒ二世が、シュタルンベルガー湖畔にある、その美しい居城ベルク城に到着したのである。

ああ、だが、ルートヴィヒ二世の様相は自由な支配者にふさわしいものではなく、医師たちと看護人たちに付き添われていた。騎馬警官の警護する、その憂いに包まれた不気味な行列には、ミュンヒェン宮廷のお偉方が付き従っていた。

召使いたちは、彼らの主人がホーエンシュヴァンガウ城で気のふれた者として、ほとんど犯罪者も同然に逮捕されたことを知っていた。ミュンヒェン宮廷の博士たちは、ヴィッ

鉄格子のはめられた窓

—ルートヴィヒ二世の悲劇—

クラウス・マン 作
森川俊夫 訳

テルスバッハ王家と大臣たちの了解のもとに、国王に対して恐ろしい宣告を下した。「国王は、病気である」と。さらに医学的判断が進むと、「国王は、心の病である」とされた。数年前から、世間から隔離された場所で半ば獣同然に暮らす国王の兄弟・オト王子のように、不治の病であるという診断だった。

権威ある学者や宮廷の高官たちが、犯罪者に厳罰を下すように国王に対して下した宣告は、パラノイア（偏執病《へんしつびょう》）という病名だった。召使いの中には、その不安になるほど異様な言葉の意味を知る者は、1人もいなかった。しかし、その不吉な言葉の響きには戦慄した。

何といっても、神の恩恵を受け、本来不可侵であるはずの国王が、物乞いのようにひどい皮膚病に侵されたり、子どもが重い百日咳にかかったりするように、パラノイアになるなどありうるだろうか？ ルートヴィヒ二世は、死の病ペストに侵されたようにパラノイアにかかったため、もはや国を統治することは許されないのだろう。召使いの中でも年かさの者たちや賢い者たちは、「たぶん家系の中に原因があるにちがいない」と、不幸なオト王子の身の上をほのめかしながら噂《うわさ》しあった。

　しかし、その召使いたちも、この混乱したおぞましい事件の中でのヴィッテルスバッハ王家や大臣たち、そして医師たちの態度に関しては、首をかしげることが多かった。ベルク城の召使いたちは、皆主人たる国王陛下が悪質な陰謀によって退位させられ、狂気の人と宣告されたのだと推測していた。なかでも、国王の叔父ルーイトポルト公は、バイエルン王国の摂政《せっしょう》になりたがっていた。すべては、そこに帰着した。それゆえ、神の恩恵を受けるはずの支配者は、いまやほとんど牢獄に等しい部屋に姿を消すことになったのだ。

　ルーイトポルト公が玉座をねらってたために――召使いたちは、そうした不信の念を抱いていた――、医事顧問官フォン・グデン博士とその数人の同僚によって代表される科学が、「パラノイア」という悪魔的言葉を考案し、国王になすりつけたのだ。この点ついて、ベルク城の召使いたち――この地の実直な男たち――は、すべて同じ意見だった。

　しかし、その召使いたちも、自分たちの意見、すなわち疑惑については、もはや公然と口にしようとはしなかった。国家という権力が、ルーイトポルト公とフォン・グデン博士の肩をもって国王を敵に回したため、国王の身は敵の手に渡され、見捨てられ、犠牲になったのだ。ルートヴィヒ二世は、権力によって見捨てられた以上、もはや国王と呼べるかどうか、などと誰が口に出していえようか？　抵抗は無意味であった。その点、召使いたちは、立場をよく心得ていた。彼らは権力の及ぶ範囲内で呼吸することに慣れていて、それに逆らうことは、実際にはほとんど問題にならないことを知っていたからである。

　召使いたちは、密かにホーエンシュヴァンガウ城の人々に共感を覚えていた。それらの人々は、山岳地帯出身の男たち、つまり地元の警備隊員で、ミュンヒェン宮廷のお偉方たち――医師や大臣、廷臣たち――が、国王を逮捕して拘禁しようと城へ到着した時には、小規模ながらも革命を起こしてそれに抵抗しようと計画していたのだった。「ホーエンシュヴァンガウ城の人々の動きは、何と勇敢なことことよ！」召使いたちは、誰もが例外なしにそう感じた。

　しかし、別の見方をすれば、それが何の役に立ったのか？　地元の牧人たち、小作人たち、農民たちの向こう見ずなささやかな行動が、どのような効果をもたらしたのだろうか？　もちろん、さしあたり一旦はミュンヒェンからのお偉方たちを大鎌や銃、騒音で脅かし、引き揚げさせることに成功した。

　しかし、お偉方一行は、再びやってきた。彼らは権力をかさに着てやってきたのである。彼らの背後には、権力のあらゆる偉大さが、目に見えぬままで立っていたのである。それは、彼らが昨日まで地面に付くほど深々と頭を下げていた、神の恩寵を受けた国王に対して、馬車でホーエンシュヴァンガウ城からミュンヒェン近くにあるシュタルンベルク湖畔のベルク城へと向かうことを強要することになった。こうして、ルートヴィヒ二世は、ベルク城に監禁され、猛獣のように閉じ込められることになったのである。

ルーイトポルト公とフォン・グデン博士、大臣ら、ミュンヒェンのお偉方たちは、退位させた国王をベルク城にうまく閉じ込め、脱出したり自害したりしないよう、さまざまな予防措置を講じさせた。たとえば、召使いたちは、ルートヴィヒ二世を決してナイフやフォークを持たせたまま部屋に1人だけにしないよう、厳重に命じられていた。職人たちを呼び寄せて、国王の寝室の窓に鉄格子を取り付けさせた。それぞれの窓に5、6本の鉄の棒を狭い間隔で、はめ込ませたのである。

これは、数多くの美しい城館に、自由にしかも華麗に君臨していたルートヴィヒ二世の栄光の終わりを意味し、それを証明するものだった。かくも侮辱《ぶじょく》的な予防措置が講じられることで、国王が神から受けていた恩寵は、国家権力によってむごたらしく否認されたのだった。失脚した君主は、強盗殺人犯のように、鉄格子のはめられた窓の奥で、残された命の日々を過ごさなければならないだろう。

哀れな美貌の君主に対する科学と国家の非情な仕打ちの数々は、もちろん召使いたちに強烈な印象を与えた。それにもかかわらず、彼らは主人のルートヴィヒ二世が、精神に異常をきたし、頭脳がパラノイアと呼ばれる恐ろしい病に侵されているとは信じようとしなかった。国王に直接仕えている召使いたちは、その極端な変人ぶり、荒っぽい性格や気まぐれさがわかっていただけに、ルートヴィヒが恐ろしい病気にかかっているなどとは、夢にも考えられなかったのである。はなはだしく予測不能で、極端に走りがちな国王の性格は、大臣たちの激しい怒りを呼び起こすこととなったが、農民の息子たちである召使いたちには感銘を与えた。

このように、国王をよく知る者たちは、皆王を愛していた。しかし、今となっては彼らは、権力に対する敬意から沈黙し、職人たちがベルク城で国王の居室のすべてのドアノブを取り外したときでさえ、文句を言わなかった。

「国王陛下だ！」と、召使いたちは血の気の失せた唇でささやいた。そして、正面玄関の前や2階の窓から、馬車が近づいてくるのを眺めた。

雨は、数日前から相変わらず激しく降り続いていた。召使いたちは、皆「今年（1886年）の6月のように、これほど湿度が高くて、冷たい6月は、これまで経験したことがない」と言った。雨は、灰色の布のように風景を包み込んでいた。細くのびた湖の対岸は、見えなかっ

た。雨は、城の屋根や庭園の木々の梢を絶え間なく叩いていた。

「国王陛下だ！」

その声に促されるように、庭園のはるか奥に止まった2番目の馬車から、医師かあるいは看護人だろうか、平服の男が出てきて、ルートヴィヒ二世の座っている馬車の扉を外から押しボタンを押して開いた。召使いたちは、半ば腹を立て、半ば国家権力の非情な慎重さに恐れおののきながら、この新たな処置について語り合った。馬車の扉からは、国王の居室の扉同様、ドアノブが外されていたからである。

もう1人の人物が、国王を馬車から助け下ろすために、馬車へと急いで歩み寄った。何人かの召使いは、それが誰であるかに気づいた。それは、医事顧問官フォン・グデンだった。しかし、ルートヴィヒは、自分に対する介添えを一切断った。

召使いたちは、自分たちの主人が上体をすべて馬車から乗り出して、医事顧問官に対して気位高く拒絶の姿勢を見せ、差し伸べられた腕に触れもせず、しなやかでほとんど楽しげな大きな動きで、この狭い穴蔵、あるいは走る檻から解放されるのを喜んでいるかのように、馬車を離れるまでの一部始終を、満足げに見守っていた。ルートヴィヒは、馬車の扉から2、3歩大股で離れると、硬直して立像のように立ち止まって動かなくなった。それは、高々とそびえる、ほとんど巨人とでもいうべき様であった。横幅のある、悲劇的に暗く、深く垂れた黒い雨用のケープに包まれた像は、幅広つばの帽子を深々とかぶっていた。

医事顧問官フォン・グデン博士は、恭《うやうや》しげに、しかし驚きながら、急ぐように促すような態度で、禿げ上がった学者風の額を小止みなく音を立てている雨に打たせて、王のかたわらで待ち構えていた。

ルートヴィヒは、なお数秒間ためらっていた。博士の禿頭とわずかに残った薄い髪の毛をびしょ濡れにするのが、ルートヴィヒには意地の悪い楽しみでもあるかのように見えた。

やがて動き出すと、もう振り返ることはなかった。大きな歩幅で城に向かって動き出すと――グデンはようやくついていくことができた――、頭を下げる召使いたちのそばを通り、玄関からホールを抜けて階段を上り、自分の居室へと急いだ。

その後を看護人、医師たち、そして実は監視人で、スパイでもある廷臣たちが追った。彼らは、心身の正常を失って退位を宣告されたルートヴィヒの憂鬱な家臣たちであった。

∞窓に鉄格子のはまった部屋で∞

ルートヴィヒが階上の自室で最初に確認したのは、「窓に格子をはめてある」という事実だった。この上ないほどに気位の高さを示しながら、ルートヴィヒは肩をすくめ、幅広帽子のつばの陰になっている視線を驚くほど暗くした。フォン・グデン博士は、軽く会釈《えしゃく》すると、「偶然でございますよ、陛下…。純粋に装飾的な理由からでして…」と言ったが、まったく意味のない言葉だった。

そして、この言葉の中に、まさに国王にとって侮辱的で、軽蔑すべき意味が込められていた。それは、まるで人の言葉のうちで、何に意味があり何に意味がないかを、国王はもはや区別できないとでも言いたげであった。

医事顧問官グデンは、にこりと笑みをつくろうとしたが、頭を後ろの方へ投げるかのようにして、激しくも大いなる怒りがうかがわれるルートヴィヒの態度を前にして、その試みは惨めな失敗に終わった。そのとき、王の目は閉じられていた。波うつように垂れた外套《がいとう》をはおり、幅広つばの帽子をかぶって、妙にロマンティックなさすらい人の衣装を着けたまま、固く握りしめた王の両手は、怒りに震えていた。満面に嘆きをたたえた白い顔は極彩色の天井画に向けられていたが、苦痛と嫌悪に満ちたその表情は尋常ではなかった。

グデンは、戦慄を覚えながらも、国王の様子をうかがっていた。医師として危惧を抱いてはいたものの、こうした結果には満足を覚えていた。それどころか、ある種の勝利感さえなかったわけではない。「バイエルン国民やヨーロッパの人々が、狂気の表情を見せておられる今の国王を目にするなら、私の診断が正しく、国王の病が不治であることをもはや何人も疑わないだろう」と、医師は考えた。

　ルートヴィヒは、あたかも医師グデンの考えていることを探り当てたかのように、素早く姿勢を変え、表情の動きを変えた。おそらくこの瞬間、王は、今からグデンの前ではがまんして絶対に自分自身をさらけだすまい、最後までもはやさらけだすことはするまい、と決心したかのように…。

「いや、何でもない」と、王は気軽な調子で言った。その声は、低くかすれてはいたが、ほとんど上機嫌な響きだった。「窓の前の格子が…」と王は続け、また肩をすくめた。

「何故悪いことがあろう。気晴らしにはなるし、まったく面白くないことはない…」

　ルートヴィヒの視線の中には、小さな悪意のあふれる光があった。王がグデンを見るたびに、ほとんどいつも、その目の中には悪意の陰険な炎が燃え上がった。しかし、医事顧問官は、それに気がつかなかったようだった。

　ルートヴィヒは、2、3歩歩いた。その足取りは軽快で、踊っているかのようだった。それは奇妙な感じだった。肥えた巨体、そのぶくぶくと太った肉塊に、それほど優雅で素早い身のこなしは信じられなかったのだ。「どのくらい――この療養は続くのかね？」と、ルートヴィヒは部屋を横切りながら、肩ごしにちらと尋ねた。その時、とうとう王は、俳優のようにはずんだ身振りで帽子と外套《がいとう》を投げ捨てた。王の着ている黒い平服は、かならずしも綺麗ではなく、そこには、ワインあるいはリキュールのしみや煙草の灰の痕跡が見られた。

「それは、ひとえに…」と、フォン・グデン博士は平然と答えた。「かしこくも、陛下が医師たちの助言に従ってくださるかにかかっています。――少なくとも1年」と続け、ある種の厳しさを込めて、こう結んだ。「私どもは、陛下の御健康を観察しなければなりませんでしょう。」

「少なくとも1年か！」と、王は声にならない笑いを見せながら、繰り返した。それはそれとして、王は今度はうきうきとした様子で手を擦り合わせ始めた。まるで面白い逸話に聞き入るかのようだった。その一方で、部屋の中を急ぎ足で歩き回るのだった。王ののっぺりとした青白く、すさんだ顔の表情が悪戯っぽくなったのは、グデンに近寄りながら、とりわけしゃがれて、抑えた声でこう言った時だった。「1年が何年にもなり、何年もが限りない年数になれば、ミュンヒェンのある種のお偉方には、かならずや好ましいことであろう…。私の弟オトの場合には、そんなふうに仕組むことができたのだった…。叔父のルーイトポルトにとっても」と、ルートヴィヒはからかうように、そして相変わらず愉快そうに手をこすりながら言った。

「先祖伝来の王、神の恩恵をうけた支配者が、この身が終わるまで格子のはめられた窓のある部屋に身を隠すとなれば、好ましいことなのだろう…。」

　ルートヴィヒは面白そうに皮肉な笑いを浮かべながら、むきだしの赤みを帯びた歯茎を見せた。その口の中にはもはやほとんど歯がなく、黄色みがかった欠けた歯しか残っていなかった。

　博士は口を開かず、もじゃもじゃの眉の下で、上機嫌の患者にやや気分を害した非難の視線を向けた。患者の方は、まだ当てこすりの悪戯《いたずら》を止めなかった。

「それとも、どうかね…？」と、ルートヴィヒはくすくす笑いながら、――――まるでユーモアあふれる推論のこの上なく才気に富んだ落ちにたどり着いたかのような口調で――――言った。「どうかね、いったい？　ことによると、そんなにいつまでも私を格子のはまった部屋の中に生かしておくことなど、考えていないのではないのか？　ことによると、ミュンヒェンのお歴々にとって、私はここにいてもなお危険な存在なのではないか？」

　そして、こう続けた。

「たしか、私のような病気の期間を短縮して、最期を素早く、目立たぬように招き寄せる飲み物があるという。ある種の飲み物と混合液、そのいくつかについては、私はすでに聞いたことがある。それは、歴史の中でそれなりの役割を演じていて、たとえば、カタリーナ・フォン・メディチは、その調合と利用の腕前が抜きんでていたといわれておる。わが愛する大臣たちやミュンヒェンのお歴々も、この秘密を知っているはずだ。愛するフォン・グデン博士よ。その種の飲み物を、早く私のスープに振りまくように依頼を受けているのではないか？」ルートヴィヒは、まったく本気で脅すふうではなく、むしろ陽気な好奇心をうかがわせるかのように問いただした。

　これには、上級医事顧問官としても、やはり何か答えざるを得なかった。グデンは威厳に満ちた態度で言った。

「そのような御質問にお答えすることは、陛下、私の名誉が許しません」そう言いながら、顧問官は右手を心臓の上に置き、丸く刈り込んだひげの生えた顎を、眩《まぶ》しいくらい白いシャツの高く、固い襟《えり》に押しつけた。

　王は、ちょっと手の指を動かしてみせたが、それは、「そんなことをしゃべり続けて、何の意味がある？」とでも言いたげなしぐさだった。――――王はさらに質問した――――突然少しくたびれたように、安楽椅子に腰を下ろしながら言った。「決まりの眼目は何なのかね？――――もちろん私の言いたいのは、医師たちの助言のことだが…」

「何よりも、私どもが陛下におすすめするのは、安静でございます！」と、グデンは人差し指を立てて答えた。「安静、安静、そしてもう一度安静でございます！　いかなる興奮も厳禁であります！　身体の運動！　規則正しい日課！　陛下には、やはり私どもを信頼してくださいますように！」と、医事顧問官は、突然温かく熱く震える声で懇願した。「科学の任務と美しい野心は、助けることであって、ぶち壊すことではございません！」と、医事顧問官はほとんど嘆願するように断言した。

ルートヴィヒは、ぐったりと安楽椅子に座ったまま、短く退屈気にうなずいた。その視線は、グデンのかたわらをすり抜けて壁にじっと向かっていた。しばらく間をおいて、王は続けた。「医事顧問官殿、私をしばらく1人にしておいてくださらんか？　私はくたびれた。」そう言いながら、王は口に手を当てようともせずにあくびをした。美しくはない歯ぐきが見えても、恥ずかしいとは思わないようだった。

グデンは、数秒間ためらったあと、恭《うやうや》しく上体を前へ傾け――宮廷の礼法に従って後ずさりしながら――扉の方へと移動した。「私は、陛下の御意のままにお仕えいたしますし、しばらくいたしましてから、御体調についてお尋ねいたします」と言い添えた。そして、慎重に扉を開け、それを音もなく後ろ手のまま滑らすようにして閉じた。

∞偉大な作曲家ヴァーグナーへの追慕《ついぼ》∞

王は、眉を吊り上げてグデンをじっと見送った。「科学だと！」と、王はかなり大きな声で独り言を言い、そのゆるんだ口を憎悪と嫌悪にゆがめた。それからもう一度痛烈に嘲笑的笑い声を立てると、まるで古くて、質の悪い、おかしいと同時に危険な敵の名を口にするかのように、「科学だと！」と言い放った。

王は、ようやく少しあえぎながら立ち上がった。その足どりはのろのろと鈍く、窓にたどり着いたとき、少しよろめいた。そして、今にも落下しそうになった人間が、手をかける支えをつかもうとするかのように、王は窓枠に手を伸ばした。その大きな白い手で鉄格子にしがみつくと、王は窓枠に額を沈めた。それが冷たく、濡れた金属に触れたとき、ぶるぶると身を震わせた。

雨は、まだ小止みなく降っていた。流れる雨粒が、涙が顔にあふれ出るように、鉄格子を濡らした。雨で霧のようにかすんだ庭園は、雨音に包まれていた。

オーバーバイエルンでは、悪天候の日が多い。ルートヴィヒは、こうした長雨の日々の単調さを知っていた。ホーエンシュヴァンガウ、ヘレンキームゼー、シュタルンベルク湖畔など、これらの土地では、いつも雨が降っているような気がした。しかし、王にとって、空から降ってくる雨音が今ここで聞くように、苦しく感じられたことはなかった。木の梢、砂利を敷きつめた広場、庭園の道の水たまりにはねる雨音、雨樋をさらさら流れる水の音…。今の王にとっては、こうした音がほとんどがまんの拷問《ごうもん》のように感じられた。

「この雨が止んでくれたらなあ！」と王は嘆いた。そして、白くむくんだその顔は、乱れたひげや嘆きで見開かれた目とともに、鉄柵に囲まれた檻の中の動物のそれのように、

格子の奥で動いていた。「ああ、この雨！ 毎日止むことのない、このひどい雨…。C'est《セ》 artoce《タルトゥス》, c'est《セ》 horrible《トオリブル》(ひどい雨、ぞっとする）…」

その恐ろしい苦痛の表現は、まるで流れ行く雲の漆黒の影のように王の顔に落ちて、その表情を荒さんだものにした。

この数日間、王の体験せざるを得なかったことは、余りにも大きく、過酷なものだった。今は1人、窓に格子のはめられたこの部屋にただ1人取り残されていたのだった。無慈悲に鞭打たれ、拷問にかけられて、節々の痛む体で孤独な獄舎に残された囚人のような有り様ではないか、と王は思った。手足全体が燃え上がり、それらをどこに置いたらよいのかわからなかった。横たわるべきか、立っているべきか、座っているべきか、そして、叫ぶべきか、呪うべきか、祈るべきかも判断できなかった。

ルートヴィヒは、その柔らかい青ざめた唇を少し開いた。まず、笛のようにヒュウという低い音を立てて空気――雨で湿った冷たい空気――を吸い込んだ。しかし、笛のようなその音は、のどのごろごろとした音になり、それから深くくぐもった呻《うめ》き声になった。囚《とら》われの王は、窓辺に立ってうめいた。その手は、格子に沿って滑り、そして濡れた鉄格子に沿って何度も上下した。

ふと気がつくと、王は愕然とした。突然自分が監視されているように感じたからである。急いで振り向いたが、部屋は空っぽだった。扉の向こうに誰か隠れていないかどうか確認するために扉を開けようとしたが、鍵がかかっているのがわかった。扉を揺さぶろうにも、ドアノブすらなかった。もしかすると、扉あるいはその脇に、グデン博士あるいは召使いが、王の一挙手一投足を目で追うことのできる秘密ののぞき穴が取り付けられているはずだった。ルートヴィヒは、そのようなのぞき穴の存在を確信して、こう決心した。

「私は気品を示そうと思う。私は見張られている。扉のあたりにいる見張り人が、私から期待している芝居を、私は決して見せはしないぞ！ 今から私は、うめいたりはするまい。額を、この鉄格子に押しつけたりはするまい。すべては、私の考えを整理する結果にかかっている。嘘つきども、謀叛人《むほんにん》どもは、私が精神病だとあえて主張

し、世間に流布《るふ》する。私という王、le《ル》 Roi《ロワ》 luimeme《リュイミーム》（王たる私）が精神病だなどと！　何たる不遜《ふそん》な言語道断《ごんごどうだん》！　私は、今置かれている恐ろしい信じられぬ状況にもかかわらず、沈着に冷静な男として振る舞うことによって、連中の主張に適切に反論する。」

　そのように好ましく分別ある意図を抱いて、王は、窓からあまり離れていないところにある安楽椅子に腰を下ろした。

　しかし、王の頭の中の思いは、混乱したままだった。思いは乱れに乱れ、核心とはまったくかかわりなく、ひたすらじゃまになるだけの心象や表象、連想によって駆逐されてしまったのだった。ルートヴィヒは、何分間も心の中でこう叫び続けた。

「連中は、私の肩から真紅の肩衣を奪いさろうとしている！　支配者たる私からだ。7度塗油《とゆ》された真夜中の王侯たる私からだ！」さらに、こう続けた。「連中は、決して成功しないだろう。私は、白鳥の騎士だ。そして、私は白鳥だ。私は黒い白鳥だ。そして、とほうもない羽ばたきで彼らの上に――下司ども、陰謀家どもの上に、科学の上に舞い上がるのだ！」

「私の肩から、連中は真紅の肩衣を奪いさろうとしている。7度塗油された私の肩から…」そして、同じ文句が王の哀れな頭の中で、また初めから始まるのだった。

　ルートヴィヒは、これでは先に進まないと自分で気付いた。「この雨が、一瞬だけでも雨音を立てるのを止めてくれたなら！　Cette《セット》 pluie《プリュイ》! Cette《セット》 pluie《プリュイ》 horrible《オリブル》!（なんて雨だ！　なんてひどい雨なんだ！）」「私は、落ち着かねばならぬ！　平静になりきらねばならぬ！　この手は、もはや震えてはならぬ！　落ち着くのだ、気高い君主よ！」と、ルートヴィヒは自分自身に対して、恭《うやうや》しくも熱い心で誓った。

　ルートヴィヒは、機械じかけのような動作で、懐から小さな櫛《くし》を取り出すと、髪を整え始めた。その髪は黒く、濃かった。それは、ルートヴィヒの青春の美しさであり、名高くも抗いがたい魅力の名残だった。もちろん、このカールした髪も、もはや往年のように誘惑的ではなかった。つやと柔らかさを失い、ルートヴィヒがまだ女性たちに愛され、極めて魅惑的な君主であった時よりも、額がずっと後退していた。ともかくも、この髪はまだ見栄えがして、王侯なら恥じるに及ばない chevelure《シェブリュール》（髪の毛）だった。

　ルートヴィヒは、髪にやはり優しく慎重に櫛を入れ、毎日数時間、専属理容師ホッペと過ごしていたが、ホッペはルートヴィヒのいちばんの親友の1人、政治的助言者の1人だった。ルートヴィヒの頭を調髪し、マッサージし、そして香水をかけてくれていたのだった。

「お前は落ち着き、賢くあらねばならぬ…。お前はとほうもなく大きな地位、世界におけるお前の巨大な名声、

寓話《ぐうわ》的評判に対して、お前にはそうする責任がある…」

「私は王だ！ Je《ジュ》 suis《スイ》 le《ル》 Roy《ロワ》!（私は王だ！）」と、王は声に出して言った。

「ああ、いい加減に雨が止んでくれれば！」

王は、自分の声の響きに驚いて、おずおずとあたりを見回し、囁《ささや》くように言った。「なぜ私は1人なのだ？なぜ私のそばに誰もおらぬ？」

「今こそ、私の偉大な友人を切実に必要とする時だ」と、王は思った。「私が熱く愛したマイスターを、真実必要とする時だ。だが、どこにおられる？　ヴァーグナーは、どこに存在しているのか？」と、王は自問した。そして、王はそれから気がついた。「もちろんリヒャルトは、晴れがましい時にヴェネツィアで死去したのだ。その知ら

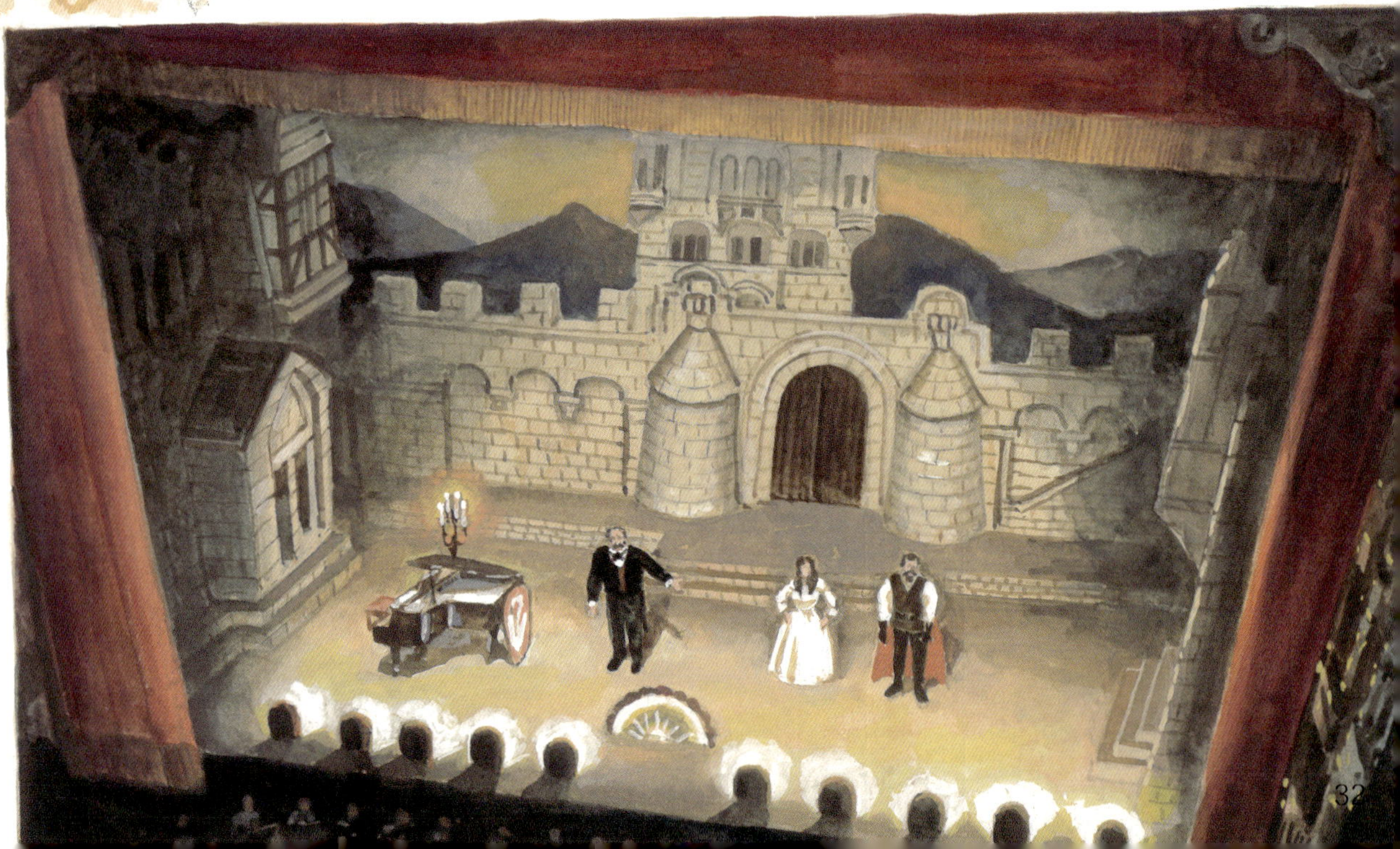

せを聞いた時、私は黒い喪服《もふく》に身を包み、頭に灰を振りかけ、幾夜も幾夜も泣き、昼日中でさえ泣き続けた。…予想されていたことだった。」王は、気分を害して思った。

「そうならざるを得なかった。あの偉大な友1人が頼りだった。その時に、その友はそばにいてくれない。よそに出掛けて逃げてしまうのだ。この友は、輝かしい死、勝利者の死、祝祭的な死を迎え、私のことは、緩慢《かんまん》で恥じるべき終末に委ねてしまうのだ。」体を次第に激しく揺さぶらせ、ほとんど怒りともいえるものをうかがわせながら、ルートヴィヒは、その若さの名残《なごり》である波うつ髪に櫛を入れたのだった。

私がこよなく愛した友は、いつも激しく自己中心的だった。もちろん、私がこの俗世間で大臣どもや科学のいかさま師どもによって、高貴な獣のように追い立てられているのに反して、友はすでに（冷やかに遠く離れた手の届かぬところで）不死の人々の間にいるように仕組むことができた。

友として、友人であり王である私のそば近くに止まる代わりに、友は自分の死の効果的な演出に腐心していた。この友には、誰もがそういう態度を許すにちがいない。友は、自分の死にもっとも美しい装飾、もっとも効果的な背景を与えることができた。

ヴェネツィア、カナーレ・グランデ（大運河）、黒いゴンドラ、妻コージマがさめざめと流す涙。この偉大な男の未亡人は、絶望の極みにも気配りを忘れずに、皇帝や国王たち、オペラ劇場の監督、銀行家、ジャーナリスト、大使、テノール歌手たちに、「リヒャルト・ヴァーグナー死す」との電報を、数百通も送っている。これは、嘆きの声のようにヨーロッパ中に伝わる。

しかし、私ほどこの知らせに衝撃を受けたものはいない。私は、頭にこん棒の一撃を受けたように倒れ込んだのだった。

私が唯一愛したマイスターは、私が今まさに置かれているような状況にあるのを見ても（ことによると、マイスターは私を見ているかもしれない）、ヴェネツィアから電報が届いた時に私がすすり泣かずにいられなかった。その半分も泣くのだろうか？ ああ、マイスターの目は、ほとんど完全に乾いたままであっただろう。マイスターには、偉大で聖なる苦痛の感情に身を任す暇などなかった。マイスターは、たいていいつも自分の名声の演出に没頭していたからだ。

私は時々思うのだが、マイスターはわれわれの悪質な最期の（度外れた最期の）偉大で神聖な衝撃には、ぞっとするほど縁遠い時代に向いていて、その一員なのではないか。時代が必然的にもたらす嫌がらせ、陰謀、悪だくみに私は愕然《がくぜん》とする。だが、マイスターは、こうしたものと完璧に折り合いをつけることができた。年をとり、すれっからしになったときには、科学、新聞、ホーエンツォレルン家のような地獄の勢力と通じ合うことができた。

プロイセンのホーエンツォレルン家の呪われた家族は、不遜《ふそん》にも塗油《とゆ》された王である私より以上の存在であるとうぬぼれ、私の真の王国を、その偽物の帝国に併合することを敢えてしようとするし、「科学」という今世紀の嫌悪すべきペストは、今私の命の息の根を止めようとしている。いや、マイスターは、自分の名声のために私の敵対者と仲良くし、私の破滅の原因であるこの恐ろしい「現代」という時代と和解した。

∞ヴァーグナーとの決別∞

ああ、私が別のもっと美しい世紀、grand《グラン》 siecle《シエークル》（絶対王政華やかなりし17世紀）に生まれていたらなあ！

しかし、私のマイスターは、狡猾なやりかたでいやらしいやつらと講和を結び、私たちの同盟を裏切った。私が最後にマイスターにバイロイトで出会った時（あれから何年経ったろうか？）、マイスターの周辺には、ジャーナリストや教授たちが群がって、いわゆる皇帝のベルリンからの到着を待っていた。皇帝がやってきたのは歌劇『パルジファル』、私の『パルジファル』を聴くためだった！　ああ、この歳の暮れに行われる国際的観光客たちのための私の神聖劇に対する何という冒瀆《ぼうとく》！　私たち、マイスターと私は、このバイロイトでのぞっとする日々の間、ほとんど互いに気がつかなかった。私たちは、向かい合った席にすわり、茫然《ぼうぜん》と凝視《ぎょうし》しあった。私は『パルジファル』を観劇することもなく、出発した。

あの時ほど孤独なことは、一度もなかった。ようやく今日、再びあの時のように孤独になったともいえよう。苦痛の黒い波が私の胸の内にあふれ、私の中の途方もなく大きく、甘美なものを洗い流してしまった。見捨てられてしまった。ああ、悲しいことに見捨てられてしまったのだ！　当時の私は、もう私のマイスターを愛していなかった。

この思い、「当時の私は、もう私のマイスターを愛していなかった」という思いに愕然としたルートヴィヒは、もはや安楽椅子に座っていられず、跳び上がらずにはいられなかった。ルートヴィヒは、また部屋を横切り、のぞき窓から監視されていることを忘れたかのように、両方の拳で絶望的に自分の額を叩いた。

「当時の私は、もう私のマイスターを愛していなかった！」と、ルートヴィヒは大きな声で呻いた。そして、その思いは、ルートヴィヒの頭の中でのたうち回った。

「私がここで告白しているのは、何と恐ろしいことだろう！　私は生涯ただ一つの愛しか経験しなかったし、この愛に忠実であり続けるほど私は強くなかった。私は、私の心からヴァーグナーを追放した。だからこそ私の心は空虚になり、その空虚さが痛みを生むのだ。しかし、私がヴァーグナーを追放せざるを得なかったのも、ヴァーグナーの責任ではなかったか？　援助を求める乞食のように、ヴァーグナーは私のもとへやってきた。私は、ヴァーグナーに大盤振る舞いをした。ヴァーグナーのためなら、私自身の首都で民衆が私を嘲笑するのを許した。民衆は、ヴァーグナーと私に対して、恥知らずな歌を歌った。当時のミュンヒェンでは、ヴァーグナーを何と呼んでいたか？　どんなあだ名をつけていたか？　ロールス…、そうだ。ロールス…」

ルートヴィヒはひどい痛みを覚えながら、リヒャルト・

ヴァーグナーが、自分のもとで極めて高い温情を受けていた時期に、ミュンヒェンの小路小路で流行っていた味気ない話を思い出しながら、くすくすとヒステリックに笑った。ロールス…、この意地の悪い、愚かしい戯れ言は、王と同時にその野心的なお気に入りを狙ったあだ名だったが、それは厚かましくも、ヴィッテルスバッハ王家のかつてのスキャンダルをあてこすったものだった。つまり、ルートヴィヒの祖父とスペインの踊り子ローラ・モンテスとの有名な関係をほのめかすものだった。

かつてのバイエルン国王ルートヴィヒ一世は、異国の美女を「ランツフェルト女伯爵《はくしゃく》」に任じ、この美女のために王の座を断念したのだった。色あせたセンセーショナルな事件、古びたゴシップ、常連客仲間、ジャーナリストたち、市井の女や男たちによって、祖父の色恋ざたが蒸し返されたのは、その孫が挑発的な形で、大借金を抱えた奇矯《ききょう》な作曲家、この極めて怪しいヴァーグナーを庇護《ひご》した時だった。

「ロールス…」、何年も経った――ヴァーグナーが死んで久しく、ルートヴィヒ二世が窓に格子のはまった部屋にいた今でも、王は愚かしく下品なあだ名を思い出し、意地悪く、少し愚かしげな低い笑い声を立てて、身を揺すぶった。

「ヴァーグナーのために、私はいかに多くの侮辱を受けなければならなかったことか」ルートヴィヒの思いは、苦く、刺激的だった。「風刺新聞は、あえて私を嘲笑した。宮廷劇場で私が桟敷席《さじきせき》に入っていくと、観客は私にシューという口笛を浴びせた。この口笛は、ヴァーグナーと、ヴァーグナーに対する私の友情、それに私の忠実さに向けられたものだった。

しかし、ヴァーグナーは、その返礼として私を裏切った。自分の妻コージマのために、バイロイトのために、自分の名声のために私を裏切って、その怪物のような、不埒《ふらち》な野心のために私を犠牲にした。ヴァーグナーは、それほど言いようもないことを、私に対してしてくれた。そして、私は、ヴァーグナーを愛した。誰よりも愛したばかりではない。私は知っている！」

「私はあれの王でもある。Je《ジュ》 suis《スイ》 le《ル》 Roy《ロワ》!（私は王なのだ！）」と、囚《とら》われ人は叫び、体を伸ばすと、またすぐにくずれるように倒れた。

大きな頬が青くむくみ、口許《くちもと》にしまりのない表情を気位高くこわばらせたまま、王は考え続けた。

「もちろん私は、完全にヴァーグナーから離れざるを

得ず、ヴァーグナーが私をこうも恐ろしく裏切った以上、私は私の心からヴァーグナーの名を追い払わなければならなかった。不幸な恋人のように、私がヴァーグナーの後を追うべきだろうか？

Je《ジェ》 suis《スイ》 le《ル》 Roy《ロワ》（私はまだ王だ）、私は、ヴェルサイユの美しく偉大な君主たちの神に塗油《とゆ》された後継者だ。私は、非常に多くの権力を全能の神から与えられた。そして、ホーエンツォレルン家が、私から私の壮麗さの一部を奪いさろうとも、私は、依然として地上においてもっとも権勢のある王の一人で、外見、性格、立ち位置において崇高なるルイ十四世に目立って似ている。

私は、伝来の王座、支配者の座を、ローラあるいはロールスごとき者のために断念したりはしない。そのような弱さを私に期待してはならない。ことによると、私は、この種のことを、以前時折考えたことがあった。しかし、私は素早くそのような誘惑を克服した。ヴァーグナーという偉大な利己主義者、不誠実な人間の死を悼んだり、後を追うなどという以外のことしか考えられなかった。自分の偉大さに不滅の記念碑を建設しなければならなかった。城をいくつも建設させ、庭園には大理石の階段や洞窟を設けなければなかった。その洞窟では、ベンガル風の照明を受けて、バラ色と銀色に輝く薄明かりの中を、飾りたてたボートに乗って逍遥《しょうよう》し、1人で楽しむのだ。

∞孤独に悩むルートヴィヒ∞

「それからというもの、もちろん私はいつも1人だったからだ」ルートヴィヒは、誇らしくしかも苦悩にあふれて、そう考えた。「真夜中の王侯には、仲間はいない。もしも友人を求めるとすれば、おそらく身も凍るほどの高みからしばらく下りることを強いられるだろう…。私は、時々友を求めた。私の隣の場所は、かならずしもいつも空いていなかった。時として、近くにお気に入りがいた。美しい髪、美しい目をしたどこかの若者だ。

しかし、私はこの連中をすべて失わざるを得なかった。私には、多分彼らを抑えておく意思がなかったのだ。彼らのうちの1人、いやこれらすべてのうちの1人だけは、私のそばに留まるにふさわしかったかもしれない。それが舞台で演技するとき、あるいは私に歩み寄って私の孤独に入ってくるとき、その動きに見入るのが好きだった。

ヨーゼフ・カインツ…、彼のことは、今でも正確に思い出す。その声は、金属から出るかのようであり、その視線は並外れた輝きを放っていた。彼には大きな魅力が備わっていた。私が初めて彼を見かけたのは、あれがローメオを演じていたときだった。しかし、私が、（魔術師がその杖で触れて対象物を変化させるように）私の愛で触れると、あれはハムレットになった。あれは、私のほとばしり流れる感情に触れ、成熟して自分自身になると、もはや私を必要としなくなった。他の連中と同じように…、飛び去ってしまった。

私は、彼らをすべて失わねばならなかった。私は、彼らの誰一人も抑え止めるつもりはなかった。劇場やオペラ劇場でも1人だった。食卓でも、寝室でも1人だった。人間との接触は、人を汚す。人間はいやしい存在だ。真夜中の王は孤独を好む。しかし、夜中の王は、いかに恐ろしく孤独に悩んだことか！

時折、私は王家の親族を訪ねたり、こちらへ迎えたりした。私と婚約した真実の花嫁…、エリーザベトは、私と対等につきあってくれた唯一の女性であり、尊厳に包まれた私の妹、苦痛にまみれた私の妹だった。しかし、エリーザベトが私のもとに留まるのは、ごく短い時間だった。エリーザベトの生活は安らぎがなく、私の生活のように憂いを背負い込んでいた。

私の高貴な妹は、旅に出ていることが多く、時折北の海辺から私に手紙を、韻を踏んだ美しい詩の手紙をよこしたが、その中では自分をかもめになぞらえ、私を巣の中の鷲として描いていた。エリーザベトは短時間だが、不意に私のもとを訪れることがあった。そして、絶望をたたえた唇で、やはり絶望的な私の額に触れた。私たちは相手の尊厳と悲哀を前に、互いに深々と頭を下げて恭《うやうや》しく挨拶を交わした。額への接吻と会釈のあと、実ることのない聖なる愛の高貴な儀式のあと、私たちはもはやすることは何もなかった。エリーザベトは、おびただしい刺繍《ししゅう》の施されたスカートを持ち上げ、私は紫色の外套《がいとう》をからげて別れた。私たちは、嘆きながらこう呼び掛けあった。「1年後に、わが妹よ…」「1年後に、わが兄よ、また会いましょう！」

真夜中の王は、尼僧が主への奉仕に捧げられるように、孤独に捧げられているのだ。人間たちをこの目で見たり、その匂いをかいだりするのは、私にとって侮辱だった。私の目は、ほとんど日光に傷めつけられていたから、私は夜の方が好きだった。もっと暗い時間が好きだった。人間が沈黙し、泉や木々が語りだす真夜中の時が好きだった。ヴェネツィアで死んだ私のマイスターは、ほかの誰より以上に夜を歌った。…しかし、結局はやはり昼のために、夜を裏切った。つまり、名声に包まれた閲歴《えつれき》、地上のぎらぎらした真昼のはかない閲歴のために、夜を裏切ったのだ。

私は、夜を裏切りはしない。私は、だんだん熱を帯び、しかも永遠に濃厚さを増してゆく愛情を込めて、夜を愛するようになっている。その結果、昼は私にとって、すでに耐えがたいほど不快なものとなってしまった。

昼の私しか知らなかったものは、私について何も知らない。私が愛する時刻、真夜中の鐘が鳴ると、初めて私に翼が生えてくる。…私は黒い白鳥となり、大きな翼を広げて、私の国の上に舞い上がる。私は、私の哀れな国

に涙を流す…。哀れというのは、私の国には、死すべき運命の無知の醜い人々が住んでいるからだ。…今こうして私は、私の美しい湖たちの一つの水面に舞い下りた。波の歌は、涙を流している黒い白鳥である私のために慰めの調べを奏でてくれている。私は夜を愛するように、水を愛している。波は、夜と同じ音楽を奏でてくれる。ラインの黄金の音楽、トリスタンの音楽を…」

「しかし、この雨は、もってのほかだ！」と、王は自分の思いが脇道をそれて混乱した小路をたどっていることに気づくと、びっくりして叫んだ。その乱れは、単調な子守歌のように聞こえると同時に、神経を疲れさせる雨音のせいだと、王は考えた。

「心配した通りだ。私は自分の想念を整えることができない！」と、王は絶望感にとらわれて、開かれた窓の外側の黒い鉄枠を見つめた。「私の頭が混乱していると主張する医者たちは、多分間違ってはいないだろう。しかし…この24時間に起きたことを思い出そうとすれば…、今までの24時間に私が耐えなければならなかったことに、どんな人間が耐えることができただろう？

ホーエンシュヴァンガウのこの恐ろしい夜、地獄の馬車走行に…。そして、小止《おや》みないこの雨！ Cette《セット》 pluie《プリュイ》 insupportable《アンスポルタブル》! (このがまんのならない雨！)…。それに、私はついさっきから睡眠薬をたっぷり飲んでいた…。こめかみと後頭部が痛む。そして、額がとくにひどく痛む…。哀れな私の頭は、薬によって荒れてしまっている。

ことによると、薬は毒性をもっていたのかもしれない…。医師たち———そして、私の医師たちを買収した連中は、恐ろしい睡眠薬を調合して、神の名のもとに塗油《とゆ》された この私を緩慢《かんまん》に殺害する能力があると認められたのだろう。

私は、想念を整理しなければならぬ。私は、自分の将来について決定しなければならないので、自分の過去について正確に知ること、起こったことのすべてを明確に理解しておくことが絶対必要なのだ。

しかし、「将来」という言葉を考えるのは不条理ではないか？「将来」という名に値するものが、およそ私にとってまだ存在するかのようだ…。何しろ私は、最後の地点にいるのだ。C'est《セ》 la《ラ》 fin《ファン》. Voila《ヴォワラ》 la《ラ》 fin《ファン》 d'un《ダン》 Roy《ロワ》. Voila《ヴィワラ》 fin《ファン》.（これは最後だ。王の最後なのだ。これが最後…）

私の将来、それは死。

私の希望、それは平和。

ああ、私の心が、いかに平和を渇望しているか、誰が予感したろう！ もしかすると、ヴァーグナーだったら、それを理解したかもしれぬ。エリーザベトだったら、それを理解するだろう。しかし、エリーザベトは、旅に出ていることが多い。———いったい今、どこに逗留しているのだろうか？

∞神に懺悔《ざんげ》する哀れな王∞

「神様、私を理解してください。———私は、人間たちから見放されているのですから！

途方にくれた私の心を。のぞいてみてください！ 見てください、私は消し去られることを無性に願っているのです！ 主よ、私の言葉を聞いてください。私は、粉砕されることを願って叫んでいるのです！」

「多くの冒険に打ちのめされ、何千回となく幻滅させられ、倒れんばかりに疲労困憊して、私は、もはや先に進めない地点に達してしまいました。私が待っているのは、もはやとどめのひと刺しなのです。主なる神よ、もはや私に待たせないでいただきたい！ 全能の神よ、私が行き当たりばったりの男でもなく、決して悪人の１人でないことを———Je《ジエ》 suis《スイ》 le《ル》 Roy《ロワ》.（私は王なのです）。そして、物乞いには慣れておらず、命令することに慣れていることを考慮していただきたいのです。」

「ああ、主なる神よ、私は何ということを口にしているのでしょう！ あなたはご存じですね。私は、あまりにもたくさんの睡眠剤を飲み過ぎました。そして、長い馬車での走行にへとへとに疲れてしまったのです。どうか私の混乱を許してください。私は、王などではないのです。この地上のあらゆる惨めな人間の中で、私くらい惨めな人間は１人もいません。私は、何もかも誤りました。私の全生涯は、誤りそのものでした。私は、生きてきたすべての日を後悔しています。聞いていただいてますか、主なる神よ？　どうか、私の告白を聞いてください！　私は後悔しています！」

「私の肉体は、弱いものでした。そして、私は嫌悪すべきさまざまな罪を犯しました。私は、愛してはならぬような形で愛しました。私は、とりわけこのことを後悔しています。私は、再三禁じられた衝動を抑えたり、たちの悪い欲情を抑制したりすることに、自分のすべてを投じました。私は、自分自身に命令を下しました。『罪深く、極めて不自然な愛を止めよ！』と、私は毎日自分に叫びかけました。そして、こうした私自身に対する警告を文書にしたためました。警告に重みを与えるためです。しかし、まったく効果がありませんでした。私は、改めて罪を犯しました。――王である私は、王の掟《おきて》に反して罪を犯しました。主なる神よ、あなたはご存じだ。哀れなわれわれの肉体の中で、サタンがいかに強いか――肉体はちりであり、ちりと化してしまうでしょう。」

「主よ、私は後悔しています。後悔しているというほか、いかなる思いも抱くことができないし、抱くつもりもありません。私が弁解のために引き合いに出すことを許されるものがあるとすれば、私が非常に悩んだ事実であります。主よ、あなたは私をずっと見ておられた。そして、私から目を離さず、あなたはご覧になっておられた。私は、苦悩の淵に深く下りていったのです。」

「今はしかし、恩寵《おんちょう》の神よ、あなたのもとに私を引き取り、災疫から救っていただきたい。それというのも、私が災疫と呼んでいるのは、人生そのものだからです。ここに今私があること、呼吸しなければならないこと、罪を犯さざるを得ないこと、あまりにも大きな苦悩から私を解放していただきたいのです。

私の希望…、それは死です。

全知の神よ、あなたは知っておられる。ホーエンシュ

ヴァンガウの最後の夜の間——医師、大臣らの悪党が、私を捕虜として連れにくる前だが——、私は無理に死のうと思ったのです。しかし、偏在する神よ、あなたのご意志に反して、何を手に入れることができましょうか? 私は、ふだんから非常に信頼している理容師ホッペに、少しばかり青酸カリを用意して欲しいと頼んのですが、整髪の芸術家は、この館には青酸カリはないというのです。なんと美しい王城ではないか、といわざるを得ません。屋根まで宝物や貴重品であふれているのに、館の塗油《とゆ》された主人に平和を与えるために、必要な微量の毒薬の用意がないのです。館の主があえぎ求めている平和だというのに。」

「私は、召使いの実直なウェーバーにも、塔への鍵を持ってくるように命令しました。高い塔から峡谷に落ちようというのが、狙いでした。うまくいけば、早く、比較的苦痛なく死ねたでしょう。鍵は見つかりませんでした。誠実さを欠き、だらしのない職員が、鍵をなくしていたのです。

さらに、私は、(何でもやってみようと)護衛に私を射殺するよう命じました。愚かな兵士は、直立不動の姿勢を取ったまま動きませんでした。

理解しがたい神よ、あなたは私の試みをすべて失敗に終わらせてしまわれた! しかし、慈悲深い神よ、あなたがもはや私を苦しめないでくださることが、私には得策と思われます。私の虐げられた魂をお手元に引き取ってください!」

ルートヴィヒは、そう神に祈ろうと両手を重ねると、主なる神に自らの死を願うために、安楽椅子から滑り下りてひざまづこうとした。しかし、膝がまだ床に触れないうちに、王の責めさいなまれた頭の中では、再び別の感情が勝利を占めた。

「お前は、勇気を奮い起こさなければならない。お前は王だからだ。お前は、ヴェルサイユの美しく偉大な主人である太陽王ルイ十四世の後継者であり、その正統の相続人なのだ。バイエルン王国内のお前の城館は、少なくともお前の崇高なフランスの前任者の宮殿と同じように華麗なのだ。偉大な王は、神に死を願ってひざまづいたりはしない。——そのようなことは王にはふさわしくないし、そうしたことをするのは決して許されない。ちなみに、死は私の唯一の未来でも、希望でもない。逆に、私はまったく別の未来の可能性、非常に異なった種類の希望を持っている。すぐに——数分後にはすでに——私はこうした可能性や希望と取り組み、明晰《めいせき》な精神で考えることにする。ただ、私はまず少し想念を整理し、なぜ、どのようにして、どのような状況のもとで、この味気ない、この不適切な、——あえて言えば——笑止千万な幽閉の運命に陥《おちい》ったかを思い出さねばならない。」

∞科学と夢想との相克∞

ルートヴィヒは、背をぴんと伸ばすと、再び窓に歩み寄った。「見たまえ、鉄格子だ！」と、抗うかのように考えた。「なぜ鉄格子があってはならないのか？　私は気にならない。ことによると、本当に装飾的理由から、ここに取り付けたのかもしれない。時として、医事顧問官さえ真実を語るのだ。（雨がかかって、濡れた鉄格子）しばらく前からかなり強く雨が降っている。頼む、構わないから降ってくれ。ローデンクロスの外套《がいとう》を羽織《はお》っていれば、雨が降っていても散歩することはできる。それどころか、率直なところ、私はローデンクロスの外套で散歩したいのだ。湖畔には美しい小道がある。「科学の代表」ともいうべきフォン・グデン博士も、私に同行できるだろう。医事顧問官と2人だけで水辺、とは魅力的な想像だ……。

　科学の表明するところでは、私は病気で、療養によって回復されなければならないという。王たる私は精神病で、もはや高貴な職務を執行できない、と科学はあえて主張する。私の有能な叔父ルーイトポルトが、摂政になるという。いわゆる皇帝は、（私の聞いたところでは）ベルリンから私に対する禁治産者《きんちさんしゃ》宣告に了解を与えたという。彼らは狡猾に、しかも巧みに互いの利益を図っている。フォン・ビスマルク侯も、この不愉快な連中と結託しているのだろうか？　おそらくそうとは考えられない。侯爵《こうしゃく》は私を知っていて、私を政治家として評価できる人だ。1871年に、その壮大な「ドイツ帝国創建」を実現するために、私を必要とした。君主の尊厳というものに対して幾ばくかの見識をもっているらしい侯爵は、全てのバイエルン国民の王である私が精神病であるという話を、簡単には信じ込まされはすまい。ビスマルクは、明晰な頭脳の持ち主だ。侯が、私に最後に電報で送ってくれた助言は、そう悪いものではなかった。

　ただ、残念ながら、この助言にはとうてい従うことができなかった。大量の睡眠薬の服用によって、私の健康状態がすでに低下していたからだ。侯が考えたのは、私をめぐる破廉恥《はれんち》な噂《うわさ》を吹き払うには、急いでミュンヒェンに行き、国民の前に姿を現して国民に語りかけるべきということだった。私の厄介な頭痛、悪党どもやいやしい連中の発する臭気に対する嫌悪によって、私は侯の助言を実行できなかった。

　しかし、私の想念は、すでにまた少し横道に逸《そ》れかけている。ああ、この雨！　Cette《セット》 pluie《プリュイ》 morne《モルヌ》!（この退屈な雨！）問題は、フォン・ビスマルク侯ではないし、侯の多少なりとも優れた思いつきではない。君主たる私に、かくも多くの不当な仕打ちと恥辱を加えるために、このような不埒《ふらち》で、不信心な呪われた科学が、どんな口実を利用したか、その真相に迫ることが必要なのだ。その上、連中は私を診断する手間さえ惜しんだ。私に対しては、十分に間接的証拠が存在すると主張された。犯罪者に対するように、間接的証拠などという。

　私は、科学が私の真の罪、すなわち私の肉体の悪質な弱さを知ったことを恐れなければならないのだろうか？

　しかし、私を裏切った可能性があるのは誰か？　私を相手に悪徳を犯した者たちは、私に沈黙を誓ってくれた。それは、ことごとく特に実直で、私に心酔していた若者たちだ。あるいは、科学が私の想念、私の心を読むことができるのか？　私の肉体の堕落についての恐ろしい後悔を、苦しみに満ちた私の視線の中に読み取ることができようか？　何という不条理なことよ！　この呪われた科学は、そこまで行ってはいない（科学は、決してそこまで達しないだろう！）。大いなる嫌悪すべき罪を抱えて、私は1人、あるいはこのことを知るものとしては、神ともちろん堕落的な遊びで私の相手になった連中がいるだけだ。

　それはそれとして、私は真剣に、今からは悪魔のような気質に抗《あらが》うことを誓おう。私に許されているのは心理的愛だけで、肉体的な愛は厳しく禁じられている。接吻も完全に止めなければならない。王である私は、神の前で塗油《とゆ》された君主である私にそれを命じる。いかなる馬丁をも、いかなる軽騎兵をももはや見つめたりはしない。恋い焦がれる視線は、大いなる地位にある私のような人間には、まったくふさわしくはない。Adoration《アドラシィオン》 a《ア》 Dieu《ディウ》 et《エ》 la《ラ》 sainte《サンテ》 religion《リリジィオン》! Obeissance《オベイサンス》 absolue《アブソリュー》 au《オ》 Roy《ロワ》 et《エ》 a《ア》 sa《サ》 volonte《ヴォロント》 sacree《サクレ》!（神への崇拝と神聖なる信仰！　王への絶対的服従と神聖なる奉仕！）

……科学が、私のこの過《あやま》ちを責めるとすれば、それは重大な過ちなのだ！　主なる神よ、私をお許しください！

私は、恥ずかしさのあまり沈黙せざるを得ないでしょう。しかし、実のところ、科学が私に対して非難するものは、とるに足らないことばかりなのです。

私は、召使いたちに対して、私の前に現れる時には黒い仮面を顔につけることを求めた。これは、当然の要求以外のなにものでもなかった。いったい私は、どうすれば、彼らの下品な顔を見ることに耐えられるだろうか？

目にするだけで、私の中に嫌悪感が生じるか、悪しき欲情が呼び覚まされるか、どちらにしてもいまいましい…。また、彼らが反抗的だったり、忘れっぽかったり、そして、夜の数時間私とともに起きているだけの体力がないとなると、そういうやつらにある種の罰を与えるのは、当然ではなかったろうか？

そう、私はそいつらを鞭《むち》打ち、拷問《ごうもん》を加えるように命じた。これは私の権利だった。私は王だからだ。そうしたことを命じるのは、時としてかなり辛かった！　私がこらしめさせた者の中には、見ようによっては、快くなくもない者や実際に快い者もいたからだ。ある種の人物に対する私の極めて厳格な判決のいくつかが、執行されなかったなどということを今知ることは、好ましくなくはないといえるだろう。

科学は、私が何人かの召使いに対して下した正当な厳しさを、私の精神的混乱の印だとあえて解釈した！

科学はまた、言いようもなく退屈な公務や「国家行事」から、最後のころには私が少し身を引いたと、あえて非難した。しかし、なぜ顔が醜く、私に対して密かに陰謀をめぐらせて、不毛なたいてい嘘だらけで、しばしばまったく理解できない奏上をする大臣たちを引見しなければならないのだろうか？

なぜ私は、せまくて臭気のこもった小路にいやしい連中たちのうごめく首都のミュンヒェンに行かねばならないのだろうか？　私には、ほかにしなければならないことがある。私はいくつもの城の主だ。私はこの国に不滅の記念碑を建てさせたのだ。私の数多くの宮殿で塗油《とゆ》された王。美しい諸芸術の友にふさわしく、夢のうちに偉大な詩人たちの詩句を味わい、マイスターたちのメロディ――私のマイスターのメロディを夢に味わいながら暮らさなければならなかった…。私は、首都にいて何をしたらいいのか？　もはや劇場すらも私に楽しみを与えてくれなかった。ヴァーグナーを失って以来、ヨゼフ・カインツをロメオあるいはモーティマーとして見ることができなくなって以来、劇場ではもはや私をひきつけるものは何もなくなった。カインツは、ヴァーグナーとほとんど同じくらい野心家であり、ほとんど同じくらい利己的だった。わが首都ミュンヒェンを去り、もっと大きな都市で、異国の民のために喜劇を演じてみせている…、いや、私にとってミュンヒェンにはもはや何もない

…。時間が与えられれば、私は少し楽しまなければならない。これは非常に重要で、そうあるべきことだ。たとえば、見事な設計の砦《とりで》ながら、今では廃墟同然のファルケンシュタイン城が改修され、壮大な宮殿へと変えられるべきだ…。

もちろん、私は知っている。神を恐れぬ不遜な科学は、私が城の建設に喜びを見いだすことも、あるいはまさしくそれこそが、病的性格を示していると主張している。何たる下劣で、ばかげたことよ！　それでは、あらゆる君主たちが自分たちの栄光の記念碑として城を建設することが、神の欲したもう当然のこととして数千年来行われてきたにもかかわらず、まるでおかしいと言わんばかりではないか！　私が城を愛するがゆえに愚かというなら、私の偉大な前任者で、不滅の従兄弟《いとこ》、神にも等しいブルボン家の人、フランスの太陽王ルイ十四世も愚かであったろう。この高貴な人は、たとえば財政的な種類のつまらぬ配慮によって、その美しい諸計画の実現を抑えられただろうか？

連中は、いつも金のことを言い立てる！　私がこの言葉をいかに憎んでいるか、いかに金を軽蔑していることか…。私は、「科学」という言葉と同じくらい金という言葉が嫌いなのだ。金と科学、この両者があいまって、確かにわれわれの惨めな神なき世紀を支配していると、人々は私に断言する。

∞死か…あるいは真の王国か？∞

私がまだ少年だったころ、亡き父は、われわれ――哀れな弟オトと私――に対して週に数グルデンの小遣《こづか》いしか許さないというやり方でわれわれを苦しめ、おとしめたものだった。私たちは、自分の興味があると思ったものを一度も買うことができなかった。私たちは、乞食のように貧しかった。私たち王子がだ！ 思い出すが、哀れな弟オトは、美しい健康な歯を提供すれば金を払ってくれる歯科医のところへ走ったものだった。哀れな弟は、数グルデンを手に入れるために、2列の白い歯を渡してしまうつもりだった。恐ろしい父は、われわれ哀れな王子をそこまで追い込んだ。バイエルンのマキシミリアン国王陛下よ、その思い出は呪われてあれ！

父陛下は亡くなった――陛下が息を引き取らねばならなかった時、私は数分間そのベッドの脇で1人座っていて、遺骸《いがい》を見つめていた。私たちには、互いに言うべきことは何もなかった。父は亡くなり、そのとき私は若い王だった。そして突然、大胆で、甘やかしを知らない私の心は、欲しいと思うものをすべて手に入れた。

「当時私は、そう思った。ああ、私は何と思い誤っていたことか！ リヒャルト・ヴァーグナーのために、私がいくらかの金を使うと、大臣どもがやってきて私を非難し、諸々の新聞でさえ、いつもの厚顔《こうがん》さを奮い起こして私を攻撃してきた！　私は時代の1人の偉大な天才を悲惨と破滅から救った。天才のために、天才にふさわしい場を世界の中に獲得したのだ。そして、役人たちは、私に計算してみせ、国家予算を超過して1万グルデン多く支出したという。チッ、チッ、チッ、あれを考えると、体が震える…。」

「私の本来の任務が何であったか。リンダーホーフ、ノイシュバンシュタイン、ヘレンキームゼーの各城が、私の計画で王侯趣味に従って建ち上げられ、建築することが私の任務だと思い決めた時、役人たちの態度は腹立たしいものとなった。不毛なおしゃべりに退屈させられ、気力を奪われ、はずかしめられ、さいなまれた。――金、金、金…、負債、負債、負債、負債…。『あなたは750万グルデンの負債をこしらえた』と、私はつい最近も聞かざるをえなかった。750万の負債、たまたま私は、この数字を覚えた。しかし、数字が私に何の関係があろうか？　Je《ジュ》 suis《スイ》 le《ル》 Roy《ロワ》!（私は、王なのだ！）」

「実際、下らない口実を言い立てながら、科学は塗油《とゆ》された王に対して恐ろしい犯罪を犯してくれた！　報復の日がくること、主なる私の神が、最後の審判を下されることを知らなければ、私は絶望し、世界秩序に正義があるのかと、戸惑わざるを得ないだろう。」

雨音が続いた。庭園の木々は、低く垂れ込めた空から重くたっぷりと降ってくる涙を、辛抱強く受け止めていた。

その大きな雨音が、囚《とら》われの王の沈黙のうちに混乱し、悔恨と激昂の混じり合った独り言に伴奏した。

扉の目立たない場所に取り付けられた窓から、フォン・グデン医事顧問官の命を受けた監視人が、ルートヴィヒ国王陛下の動きをすべて観察していた。

監視人は、陛下が眼を閉じたまま長い間じっと窓辺に立ち尽くすのを見た。監視人が囚われの王に認めた唯一の興奮の徴候は、ルートヴィヒが両手を握りしめて拳《こぶし》をこしらえたことだった。王の顔――閉じたまぶたに黒みがかった影が深く落ちている、この大きな灰青色のむくんだ表情は、催眠術をかけられた人間の顔のようにこわばっていた。

ルートヴィヒは、鉄格子がはめられている窓辺に立ったまま、もう一度（何度目だったろうか？）、ここ数日間のドラマ、そしてやっと過ぎ去った24時間の破局を思い返した。

ホルンシュタイン伯爵《はくしゃく》の指揮のもとにミュンヒェンからやってきた宮廷委員会が、ルーイトポルト公の信任状を手にして、国王陛下を精神病患者として逮捕すべく現れた時、憤激した住民の抵抗にあって退避せざるを得なかった。ホーエンシュヴァンガウ地区警察隊の隊長は、ルーイトポルト公の封印のある書類を破り捨てると、ホルンシュタイン侯爵《こうしゃく》に面と向かってこういってのけた。

「私が知る命令はただ一つ。それは国王の命令だ！」

　鉄格子のはめられた窓辺のルートヴィヒは、この知らせがもたらされた時、ほとんど涙を流さんばかりに体を感動に震えさせ、もう一度勝利を感じた。また、ホーエンシュヴァンガウ郡の郡長は、宮廷委員会の面々を君主に対する反乱者として逮捕させせようとした。ルートヴィヒは、このことを思い起こして喜んだ。ルートヴィヒに証明してくれた、国民は私を愛してくれていること、純朴な人々は私の味方だということ、かれらは真の偉大さに対する本能をもっていること、明らかに国民は宮廷や大臣官房の陰謀家たちに反対し、伝来の王の味方をしていることを。

　もちろん、ルーイトポルト公に委任を受けた者たちは、再びそこに現れた時には成功を収めた。彼らは、十分すぎるほどの成功を収めてしまったのだ！

　ホーエンシュヴァンガウの最後の夜、ルートヴィヒはグデン博士に導かれて、鍵のかかる黒い馬車に乗らざるを得なくなった。その数時間前の自分の悲劇の終幕（シラーの悲劇の終幕、つまり第5幕さながらの）を、王は鉄格子がはめられている窓辺で思い出しながら外を見やった。しかし、愛する古典詩人のドラマの主人公たち誰も、あの時のルートヴィヒのように孤独に囲まれてはいなかった。ルートヴィヒからはすべてが奪われた。ルートヴィヒのもとに残っていた最後の騎士で、腹心の若き侍従武官デュルクハイム伯爵もそうだった。ミュンヒェンの陸軍省は、非情にも伯爵を王の側から召還してしまったのだ。

　王の唯一の相手は、永遠に降り続く雨、Cette《セット》 pluie《プリュイ》 morne《モルヌ》, Cette《セット》 pluie《プリュイ》 cruelle《クルーエル》…（このいまわしい雨、吹きすさぶ雨…）と、２人の召使いマイアーとアルフォンス・ウェーバーだけだった。馭者《ぎょしゃ》でさえ（堅実で、ルートヴィヒに心服している男。名前はオスターホルツアーといった）、君主の側にもはや近づくことを許されなかった。王が、その馭者の手引きでオーストリアに逃亡するかもしれないという恐れがあったからだろう。

　しかし、囚われの君主が、自分の最後の持ち物を忠実な召使いたちに与えた時の情景は、何と美しいものだったろう。ルートヴィヒは、その時のことを思い出しながら、この高貴な出来事の悲劇的な魅力をもう一度味わった。これは、スコットランドの反乱に介入して死刑宣告されたイギリス女王マリー・スチュアートと、その侍女たちとの感動的な別れを思い出させるものだった。

　アルフォンス・ウェーバーは、１２００マルクの現金、ダイヤのアグラフェ、２万５０００マルクの小切手を受け取ったが、小切手については現金化されるかどうか確実ではなかった。王は、祈祷書《きとうしょ》も召使いに渡して言い添えた。「私のために祈って欲しい！　私はもはや何も必要とはしない！」と。

これでは、贈り物の受け取りを厳粛な言葉でウェーバーたちに説得する必要があったかのようだが、召使いたちの方は、当然の心遣いとして受け取るのにいささかのためらいもなかった。

この美しい儀式が終わったあと、ルートヴィヒは、赤ワインとコニャックを代わる代わるしたたかに飲みはじめた。それまでのことを思い出すと、それらの酒の味わいが舌をするどく突き刺すように感じられた。ルートヴィヒは、煙草を吸い、酒を飲みながら、そして高々とした声で詩を唱えながら、食堂の中をせかせかと歩き回った。

すると、医事顧問官のフォン・グデンの姿が現れて、王に錠付きの馬車へ乗車するよう乞うた。「陛下、これは私の生涯でもっとも悲しい任務でございます」と、博士はうわべを偽って言った。

ルートヴィヒは、学者の憎たらしいしかめっ面がまざまざと目の前に浮かんだので、拳を振り上げてしかめっ面に殴りかかった。のぞき窓の監視人は、患者の突然の激しい身振りを認めて、やや驚いたようだった。

しかし、王はまもなくグデンの姿、もったいぶった声の記憶の悪夢を追い払うことに成功した。そして、思い切り眼を見開くと、背筋を伸ばして心に決めた。「どうすれば、もっとも早くこの悪魔的な怪物から逃げられるのか、はっきり知ろうと思う。」

「私は、抜け目なく振る舞わねばならぬ」と、ルートヴィヒは自分に言い聞かせた。「抜け目なく振る舞わねばならない。私の弟オトが監禁状態を甘受しているように、私もこの監禁状態を受け入れていると、世間の人は考えているのだろうか？　世間はまちがっている。ひっ、ひっ」と、王は笑った。

……突然期待にあふれ、晴れやかな気分で、王はフォン・グデンとの間の争いから生じたもめ事を考えながら、ほとんど楽しんでいるようだった。「ひっ、ひっ、ひっ、連中は大まちがいをしている。」

「私には、二つの可能性しかない」と、王は考えた。「両方とも、科学にとっての不面目を意味し、私の伯父上ルーイトポルト公にとって当惑を意味している。私が死ぬか…、それは大きな慰め、美しい恵みであり、全ヨーロッパにとっては一種のセンセーションとなるだろう…。つまり、私を苦しめるルーイトポルト公と科学の犠牲となって死ぬか、…それとも、私が本来の私の王国、大臣も国会も、もはや何ら口を差しはさめない国民の王国を築くかだ。」

「国民は、私を愛してくれている…、私の国民が私を愛してくれていることを、私は知っている。馬車でここに来る道すがら…ホーエンシュヴァンガウからベルク城までのこの受難の道すがら…、年老いた宿の女主人が、一杯の水を渡してくれた…。

ゼースハウプト村の地味な、老いた女主人は、オーバーバイエルンの農民たちが自分たちの王である私を助け…、解放するために銃と大鎌で武装したと、私にささやいてくれた。武装した農民たちは、シュタルンベルク湖の対岸、その森の中に集まったという。彼らと一緒に山中に逃げ込めば、そこに私の真の王国を建設できるだろう。

この湖は狭く、対岸まであまり距離がないし、私はかなりたくみに泳ぐこともできる。…睡眠薬を飲み過ぎたし、このところ興奮状態が続いて体力も減退してはいるが、私はいまだに強い男だ。私はそれに全てを賭けなければならない。死か…あるいは真の王国か…、私は計画を立てねばならない…、私にはすでに計画がある…」

∞若き日の自分との再会∞

王は窓際からテーブルに近づくと、そこに置いてあった呼び鈴を鳴らした。すぐに、部屋の外で様子をうかがっていた看護人が扉を開けた。看護人は深々と頭を下げると、「御用のおもむきは?」とたずねた。ルートヴィヒの眼には、意地の悪い、荒々しい、それでいてうれしげな火花が光り、非常に穏やかな声で王は言った。「私は城内の広間を一巡りしたい。思い出が多いのだ」と。許しを乞うかのように、ほとんど謙虚な態度でこう言い添えた。「私にとって、ベルク城には非常に多くの思い出があるのだよ。」

看護人――健康な、40歳くらいの赤ら顔で、丸く腹の突き出ている男、一家の父親、＊九柱戯《きゅうちゅうぎ》愛好家で、ビール好き――は、返事を一瞬ためらった。「陛下のお気の召すままに。」と応えると、身を脇によけてルートヴィヒを扉の方へと導いた。王は部屋を離れる前に、まるで悪事の仲間――共謀者に別れを告げるかのように、鉄格子窓の方へ意味ありげで生き生きとした眼を向けた。

かなり足早に、しなやかな足取りで、ルートヴィヒは廊下を歩いた。そのアーチ形の天井は、石の床に足音を反響させた。看護人は、しかるべき距離をおいて王に付き従った。

広間の一つには大きな絵画がかかっていて、素晴らしく若かった頃の王の姿が描かれていた。その美しさといえば、これを見た国民が奇跡でも眼にしたかのように震えだすほどだった。絵の中の支配者は、バイエルンの将軍服を身につけ、山鼠《やまね》の毛皮でできた戴冠《たいかん》式礼服の外套《がいとう》の前をを大きく開けて羽織《はお》っていた。

自分自身の肖像――これは、今の王にほとんど似ていなかった――の前で、ルートヴィヒは、しばらく佇んでいた。看護人は、少し離れたところに立って、忍耐強く、恭《うやうや》しく、しかしやはり不信の面持ちで待ち続けた。ルートヴィヒは、懐中櫛《かいちゅうぐし》を取り出すと、カールして少し油気《あぶらっけ》のある髪を淡々とした手つきですき続けた。以前ルートヴィヒ自身のものであった、描かれた美を前にして、ルートヴィヒもまた、思い出に圧倒されていた。

「そう、これが私だった――私は若い王だった」と、ルートヴィヒは感動を覚えながら考えた。「私は高い気品を備えていた。その前では、国民は膝を折る。白鳥が流れを渡って運び、岸辺の人々を恍惚とさせた『ローエングリーン』の美しさだ。私の額は光り輝き、眼は柔らかく燃え立っていた。事実、私であったこの若い王は、われわれの時代とは違った、強く美しい時代に生き、統治するに値したはずだ。いったい私は、描かれた美を前にして何を始めたのだろうか?

私が支配者であった間に、二度の戦争があった。だが、どちらも英雄的でも、冒険的でもなかった。どの戦争に

＊9本のピンを倒して遊ぶボーリングのもととなった競技

も、私は心のうちで強く関わりはしなかった。最初の1866年のプロイセン・オーストリア戦争は、私のバイエルン王国にとって早々と不面目な結果に終わってしまった。もう一つの1870年の戦争は、プロイセンと組んで高貴なフランス国民を敵とした戦いだった。しかし、これはベルリンの王をドイツ皇帝にし、そして私はといえば、ホーエンツォレルン家という野蛮人、そしてプロテスタントでもあるプロイセン人に帝冠をおごそかに捧げるという、私にとってふさわしくない喜劇に手を貸すことになった。この役目を私に要求したのは、ビスマルクだった。

私は、私の王国にとって何をしたか？　下司《げす》な大臣どもにうんざりさせられ、新聞記者たちに批判されなければならなかった。私は、この時代の大物に数えられたが、輝きを失い、無信仰で唯物主義的19世紀においては、誰が時代の大物といえるだろうか？

高貴な人々の中にいることは、時としてかなり楽しかった。たとえば、私がまだ非常に若かったころ、バート・キシンゲンでのことだった。当時私の美貌と若さは、人々の噂《うわさ》の種となり、ロシア皇帝の幼い娘マリーア・アレクサンドリヴナは、私にかなり夢中だった。私たちが馬車で散策すると、人々は口をあんぐりと開けたまま、それを見送るのだった。滑稽なことに、人々は私たちがすでに婚約していると考えていたのだ…。

しかし、私が婚約していた相手は、ロシア皇帝の子どもではなく、私の従妹《いとこ》で、エリーザベトの妹のゾフィーだった――ああ、いったい私は、なぜそんなことをしたのだろう？　私がゾフィーと婚約したときに、人々は私を気のふれた者として幽閉すべきだったのだ。私が自分の人生のあらゆる失敗や過《あやま》ちを痛烈に、しかも悲しく、痛ましく、決して回復できない重みとしてわかった今日、いや今ではなく。

私は、エリーザベトを愛していた――あらゆる女性のうちで、あなただけを。エリーザベト、あなただけを。私の美しい、慰めようのない憂いに満ちた、私に近い女友だちであるあなただけを愛していた！　そして、私はこの愛を、エリーザベトの妹、私の哀れな従妹でもあるゾフィーに移すことができると考えたのだ。私は、シュタルンベルク湖畔にあるポセンホーフェンの父親のもとで暮らしていた哀れなゾフィーに薔薇《ばら》の花束を贈った。何通もの美しい手紙を書き、ゾフィーを『私のエルザ』と呼んだ。――そう、私はおそらく本当にゾフィーのローエングリーン、つまり白鳥の騎士であり得ると考えていたのだ。

やがて、私たちは婚約した。バイエルン王国中が満足した。若い王が、その従妹であるオーストリア皇帝の妃の妹と婚約したからだ。しかし、私たちの婚約期間中、ゾフィーはたいてい泣いていた。それはまず、私がゾ

フィーの唇に一度も接吻しなかったからだ。
――このことは、エリーザベト、私はあなたに誓う。私はあなたの唇に接吻しなかったのと同じように、ゾフィーの唇に一度も接吻しなかった。それから、ゾフィーが泣いたのは、私が結婚式を再三延期したからだ。そして、結局私が婚約を残念ながら解消せざるを得なかったからだ。哀れな従妹――いや、ゾフィーは本来、私が思い出すかぎり醜くはなかった。しかし、決して本当にきれいだったわけでもない。

婚約を解消された従妹は、1年後にフランスの公爵なにがしと結婚した。当時私はもはやゾフィーを憎んでいなかったが、私たちが婚約していた長い間、ゾフィーを非常に憎んでいた。婚約を解消する決心を固める直前のことだったが、私はあの哀れな人物に対して恐ろしく苛立ち、腹を立てたことがあった。その時、ゾフィーの大理石像を――かなり大きなもので、持ち上げるには非常に重く、そしてごく平凡なできの像だったが――ミュンヒェンの宮殿の私の書斎の窓から、舗装道路へ投げ落とした。大理石のゾフィーが粉々になった時に立てた音が、私の耳に今も残っている。

大理石のいくつかの破片、大失敗だった哀れな従妹との婚約中の思い出の中には、それ以上のものは残っていない。

ああ、私の記憶の中には、無益な損失しか残っていない。どこを見ても損失、どこを考えても損失ばかり。悲しいかな、失われてしまった……。

あなたを失ってしまったのだ、私のエリーザベトよ。あなたを私のものにしたことはない。しかも、あなたを失ってしまったのだ。私たちが最後に会ってから、どのくらい経ったのだろう、私の女友だちよ。私たちはいつ再会するのだろうか、私の甘美な姉よ……。」

王は、その大きな白い手を額に当てた。それから、急

いで――看護人を従えて――城内の思い出あふれる視察を終えた。

ルートヴィヒが、最も長く留まったのは、初めてリヒャルト・ヴァーグナーを接見した部屋だった――それは、22年前のことだった。おお、忘れがたい、美しくもロマンティックな、きわめて感動的な状況であった。マイスターのヴァーグナーは、すでに老齢に差しかかっていたが、まだほとんど有名にはなっておらず、初めて若くて、輝くばかりの王侯の前に立ったのだ。

若くて、光輝くばかりの王侯にとって、この「老魔術師」――ヴァーグナーは、後に気の置けない仲になったころ、おそらく冗談めかして王に対して自分のことをそう名乗るのが常だった。王の心が飛んでいった。この「魔術師」に寵愛《ちょうあい》を浴びせることは、王にとって何という喜びだったことだろう。

「老魔術師」は、当時熱狂的な青年王の寵愛をうまく利用することができた。それというのも、当時のヴァーグナーは、破滅状態だったからだ。バイエルン国王陛下の秘書官プィスターマイスターは、主君が一度知りたいと思いついた「ローエングリーン」の作曲家を方々訪ね歩かなければならなかった。そして、ついにシュトットガルトから程遠からぬところに住む、ある楽長の家で見つけたのだった。

プィスターマイスターは、債権者からの逃亡の道すがらで、かなりくたびれはてた印象の作曲家に、バイエルン国王陛下の肖像と美しい大きなダイアモンドの指輪を渡した。これは、王侯からの最初の心遣いの贈物で、やがてはほかにも多くの、もっと大事な贈物が続くことになる――。

2人の愛情の交換がいかに大きく、不思議であったかを今にして思い返すと、嗚咽《おえつ》が王の胸を突き動かし、喉元までこみ上げてきた。

ルートヴィヒは、こう感じた。「先ほど鉄格子のはめられた窓のある部屋で、私は自分の偉大な愛人のことをひどい姿で思い返してしまった。それどころか、マイスターがかつて私に加えたある種の不都合、あるいはマイスターと関わることの不都合といった意地の悪い思い出が浮かんできはしなかったか。そして、私の祖父の愛人だったモンテス嬢を下品にあてこすって、マイスターを『ロールス』と呼ぶほど、ミュンヒェンの人々は没趣味だったという思い出も浮かんでこなかったか?

ああ、私と私のくだらない考え方は、軽蔑に値する!私の生涯で美しく生きるに値するすべてを、私は崇拝するマイスターに感謝する。マイスターは私を知り、教育してくれた。いや、私を愛してくれた。私の心のうちに起こるすべてを、告白でも聞くかのように理解していた。私の弱さと偉大さ、どちらへの可能性があることも見抜いていた。私に、王たるものはどうあるべきかを教えてくれた。マイスターの心のこもった励ましがなければ、私は私の重大な職務に耐えられなかったろう。私は、何度辞任しよう、王冠をあきらめようと思ったことか！

　ヴァーグナーの賢明で厳しい警告は、私が罪深い愚行に走るのを抑えた。『高邁《こうまい》にして神のごとき友よ！』と、私はマイスターに呼びかけた。『あなたと神よ！　死に至るまで、世界の夜のあの国に至るまで、私はあなたのものであり続けます！』このように止めどなく、燃えるように、完全に、私の魂はマイスターの方に流れていった。『あなたのために生まれ、あなたのために選ばれている！　それが私の天職なのです！』――私はまだ覚えているが、こういう文章をマイスターに書いたし、その文章が、私の生涯において私が考え、口にし、あるいは書いたもののうちで最も真なるもの、真正なもの、最も大切なものだった。――私たちが交わし合い、味わい合ったこれらの対話は、何と素晴らしいものだったことか！

　おお、私がこのベルク城に住み、私自身がリヒャルトのために選んだ下の湖畔の美しい別荘に、私のリヒャルトは住んでいた。私たちが同盟を結んだ最初の時期のことだった！私は、リヒャルトのところへ毎日午前中に私の馬車を送り届けた。リヒャルトはやってきて、話し合った…。おお、至福の時よ！　私の哀れな生涯の唯一の至福よ！」

　ルートヴィヒの心は、この青年が、当時初めてヴァーグナーの支配者を思わせるような顔立ちを目にし、その視線に魔力的力を感じた時のようにショックを受けた。

「そうだ、私はヴァーグナーを愛した。」と、王は認めて感動を覚えた。

「生徒が先生を愛するように、私はこの人を愛した。」さらに、王は恥ずかしげもなく考えた、「女が、その夫を愛するように、私はヴァーグナーを愛した。」と。

　王の熱い願いと欲求は、床にひざまずくことだった。そこは、マイスターが初めて王の前に立った、その場所だった。しかし、王はがまんした。扉の側で待機する姿勢のままで立ち止まっていた看護人の方を向くと、王は非常にしなやかで、ほとんど優しく響く声でこう言った。

「この部屋は、ベルク城で私が一番好きな部屋だ。」

　看護人が見る眼をもっていたら、主人の顔が思い出の輝きに包まれて若返り、美しくなっていることに気づくに違いなかっただろう。事実、ルートヴィヒの顔は、別の部屋の絵に描かれた神々の若者が示しているあの顔にほとんど似ていた。Le jeune《ルジューヌ》 Roy《ロワ》（若き王）、力強い肩に戴冠《たいかん》式の外套《がいとう》をかけた国民の愛する王そのものだった。

　しかし、看護人は、鈍感な太った男――一家の父親、九柱戯《きゆうきようぎ》愛好家で、ビール飲みだった。看護人は、ただ頭を下げてこう言った。「陛下のお気に召すままに。」

∞湖畔でのグデンとの語らい∞

この一日の残りを、王は静かに自分の部屋で過ごした。そして、誰に対しても、医事顧問官フォン・グデンに対してさえ優しく振る舞った。顧問官は、予期した通りに喜んでミュンヒェンに打電した、「こちらは万事順調。王は子どものように従順。」と。だが、医師は、ルートヴィヒの目に再三現れるたちの悪い、激しく抜け目のない光には気がついていかなかった。

雨音は止まなかった。天候は、もはや2度と好転しないように思われた。夕方、陛下には軽い食事が供された。ひき肉とサラダ。歯のない王は、ただでさえ固い食べ物をかむことはできなかった。盆の上にはスプーンとフォークが置いてあって、ナイフはなかった。

ルートヴィヒは、赤ワインを飲みたいと所望した。召使いは、一瓶のミネラルウォーターを持ってきた。すると、王は非常に丁重かつ丁寧に「ありがとう、君」――といい、しかし同時に召使いに対して悪意に満ちた横目を滑らせた。

軽食をとったあと、王は言った、「この部屋には、全く花がない。私は、赤と白の薔薇《ばら》の美しい花束が欲しい。」と。15分後、造園主任がブーケを持って現れた。ルートヴィヒは薔薇を見ながら、この花は「薔薇の島」から持ってきたものか、とたずねた。

薔薇の島とは、シュタルンベルク湖の小さな島で、王があらゆる色や形の薔薇を栽培させ、以前には時折、1人だったり好きな客を伴ったりして散歩したところだった。造園主任は、急いで、おずおずと「はい、薔薇はあの島から特に取り寄せたものでございます。」ときっぱりと言い切った。ルートヴィヒは、それが嘘であることを見抜き、かなり渋い微笑を浮かべて、また言った。「ありがとう、君。」

庭師が部屋を離れると、王は――喉の渇いた者が泉に身を屈めるように、急に体を動かして――花に傾け、冷たい、強く甘く香る花に顔を埋めた。

1時間後、夜の9時半ごろだったが、フォン・グデン博士自身が睡眠剤――2錠の大きな錠剤と数滴の褐色の液体を持参し、その液体を黒い小瓶から水の入ったリキュールグラスに流し入れた。グデンが薬剤の準備をしている間、ルートヴィヒは、ぎらぎらとした不信感のこもった、意地の悪い面白げな眼差しでグデンを観察していた。それから、王は、文句もいわずにそれらの錠剤と水薬を飲み下したが、その間も医事顧問官から眼を離さなかった。

ルートヴィヒは、10時間ほど熟睡した。朝、服を着るのを手伝った召使いに、王は上機嫌で語った。「私は、薔薇と白鳥の夢を見た。…この地上で最も愛すべき産物だ。」そう言いながらも、王は、朝8時ごろに目を覚ま

したとき、ある種の色彩と音の幻覚に襲われたことには触れなかった。

そういうことは、このごろしばしば起こるようになっていた。――ちなみに、こうした幻覚を、王はすでに若いころから経験していた――大気は、銀がからから鳴るような響きとぐるぐる輪を描く光――赤、緑、菫――の色に満ちていた。時折顔や合図する手が現れた。それは、魅力的であると同時に、不安をかき立てるものだった。

薔薇と白鳥についての叙情的な言葉に当惑を覚えた召使いは、「陛下、相変わらず雨が降り続いております。」と言った。

「そうだな。」と、王は言った。「雨は、おそらくまだしばらく降るだろう。」

――フォン・グデン博士には、引き続きこの高位の患者に満足するに足る理由が十分にあった。朝食後、医師はルートヴィヒと連れ立って散歩に出ると、庭園を抜けて湖まで下りていった。雨が降っていて道がぬかるんでいたので、先へ進むのにいくらか難渋した。

ルートヴィヒが、長くて黒い、芝居の小道具のようにひだの多いローデン生地の外套《がいとう》を羽織《はお》り、黒いつば広の帽子をかぶって庭園に現れると、下僕たちは、再び2階や3階の窓辺でごった返しの状態となった。脇腹をつつき合い、ささやき合った。「国王陛下だ！　ペストにかかるように、パラノイアにかかられた！　見たまえ、精神病看護人が2人、我らの気の毒な王様とその医師について歩いている！」

ルートヴィヒは、その間不気味なくらい浮き浮きとした調子で、医事顧問官とありとあらゆるテーマについて雑談した。文学的話題についてくわしく話し、いつかまたシラー劇の素晴らしい上演を観たいという熱い願いを持っていると述べた。そして、「何故…」と王は質問した。「…亡き父は、自分の周りに興味ある詩人のサークルをうまく集めておられたのに、私にはそれができないのか？」。

続いてルートヴィヒは、「私の亡き父は…」と言うと、その目には特に陰険な光が浮かんだ。「精神的な偉人たちの集いを主宰したものだ。そこにはエマーヌエル・ガイベルやパウル・ハイゼといった定評のある詩人たち、リービヒやジョリなどの自然研究者、…科学の代表者たちがいた。

今日的な問題について軽快な議論が交わされ、ビールがたっぷり飲まれた。私の亡き父は、…まったく問題なく…実際に、時代の精神的エリートたちと接触があった。…もちろん、ガイベルはがまんのならぬ男だった。」と、ルートヴィヒは突然苛立ちを見せて断言した。それから、王は急いで話題を変えた。

ルートヴィヒは、王制が時代に向いていないことを述べ立てた。「本来、君主制思想は、もはやわれわれの美しい現代には向いていない！」と、王は上機嫌な口調で言った。

「それは、あまりにも多くの古い埃《ほこり》だらけの神秘性を含んでいる。たとえば、想像してもらいたい、愛する医事顧問官殿。私が今日にも死んでしまうとしよう。すると、哀れで不幸な、絶望的な狂気に取りつかれた私の弟オトが、名前と肩書からバイエルン国王となり、誰かほかの正統性を持たない人物が、オトに代わって政務を見なければならない。」

ここでグデン博士は、急いで口をはさんだ。「有り難いことに、陛下の御健康は、考えられる限り上々の状態でございます。」

ルートヴィヒは、しかし、今度は羽目を外してこう断言した。

「いや、いや、博士先生、あなたが何と言おうと、共和制はわれわれの時代が切実に求めている国家形態で——フランスは、この点でいつものように時代に少し先行している。われわれ王たちは———友よ、私をよく理解して欲しい！　———われわれ君主は、本来歩くアナクロニズムなのだ。現代は、科学の手中にある。この時代を真に支配している権力は、精神医学と金融資本なのだ…」

フォン・グデン博士は、恭《うやうや》しく否定した。それはそうとして、雨傘を持参し忘れた王の頭上に自分の雨傘を差し伸べていたので、博士はずぶ濡れになった。

一行が下の湖岸散歩道にたどり着くと、ルートヴィヒは、雨でさざ波を立てている灰色の水面を、じっと眺めながら言った。

「水浴びするには、冷たすぎるのが残念だ。私は泳ぎが好きだ。知っておいてもらわねばならない、尊敬する博士よ。———私は水が好きなのだ。」と、ルートヴィヒは突然それまでと違った声で言い添えた。

王とその医師、そして2人の看護人は、城へもどった。

∞夢想の国への旅立ち∞

正午、ルートヴィヒはひき肉と野菜を少し食べた。食後には、2人目の医師である神経病専門医ミュラー博士を謁見した。ルートヴィヒはミュラーにオト王子の容態をたずねた。ミュラーは、オト王子の侍医を務めていたのだ。「ここ数年来、殿下の容態に著しい変化は認められません。」と、神経病専門医は答えた。ルートヴィヒは、それ以上質問しなかった。ただ頷《うなづ》いて「ここ数年来…そうだな、多分忍耐強くなることを学ばねばならないだろう。」と言った。

しばらくして、ルートヴィヒは言った。「グデンが私に言っているのだが、あなたは私の蔵書を整理したがっているそうだね。フランス語は話せるのかね？」

「ギムナージウムで習う程度のことなら。」

「ギムナージウムの勉強では、何が一番好きだったかね？　…君はずっとここに留まるんだね？」

「私は、1カ月で同僚と交代いたします。」

「それは誰かね？」

「まだ誰とも決まっておりません。」

「確かにどうでもよいことだ。」と王は言った。

その日の午後を、王は格子がはめられた窓辺に座って、時折何かメロディーをくちずさんだり、時には抑えた声でシラーあるいはラシーヌの詩句を朗誦《ろうしょう》したりして過ごした。また、王は懐中櫛《かいちゅうぐし》を取り出すと、それをゆっくりとchevelure《シュヴリュール》（髪の毛）に滑らせた。時折立ち上がっては、伸びをしながらにこにこと笑った。夕方6時ころ、王は鐘を鳴らして看護人を呼んだ。これからちょっと散歩する気があるかどうか、フォン・グデン博士に問い合わせるように、と告げるのだった。

3分後、グデンが現れた。グデンは陛下にローデンの外套《がいとう》を着せかけ、つば広帽子と傘も渡した。グデンは、自分の頭がずぶ濡れになるのは願い下げだったからだ。

「では、行こう!」とルートヴィヒは言って、にこにこと笑って黄色い欠けた歯を見せ、意地悪げな横目で格子のはまった窓を見やった。

フォン・グデン博士は、今回看護人を連れて出ない方が精神教育上の理由から正しいと考えた。朝の散歩の際、陛下は分別のある態度だったし、かなり上機嫌でお喋りまでなさっておられた。患者は、少し元気づけて、ほめて差し上げるに値する容態なのだ。グデンは、自分が王と2人だけで散歩することで、王に対して信頼を覚えていることを証明しようと思った。

午前中はかなり饒舌《じょうぜつ》だったルートヴィヒだが、今度は寡黙《かもく》だった。大きなひだのできる黒いローデン生地の外套を羽織《はお》り、つば広の帽子を目深《まぶか》にかぶって、王は大股で歩きながら、いろいろなメロディーを口笛で吹いた。時折オペラを観にいっているフォン・グデン博士は、それがヴァーグナーのメロディーだとわかった。博士は、偉大なこの作曲家について会話すれば、国王陛下は楽しまれるだろうと推測した。そこで博士は、丁寧で、滑らかな声で言った。「当初どこでも誤解されていたばかりか、反発されていたマイスターの音楽が、今や全ヨーロッパのみか、世界を征服したというのは注目に値しますし、美しいできごとでございますね。」

ルートヴィヒは、何も言わずに、ジークフリートの主題となるメロディーを口笛で吹いた。かなり長い間をおいてから、ルートヴィヒは暗い声を聞かせた。「私が知りたいのは、いつまた雨が止むかだ。」

重い雨粒が、2人の傘を叩いた。雨は高い木々や低木に降りかかって、すすりなくような音を立てていた。濡れてぬかるんだ道を歩くのは、難儀なことだった。フォン・グデン博士は、この雨に濡れた散歩に出るのに了解を与えたことを後悔した。「この不都合な天候は続くでしょう。」と、博士は少し厳しさを見せて答えた。

王はうなずき、黙っていた。ヴォータン帽の幅広いつばの下で、王の目は夜の濡れた森のように微かに光っていた。

湖沿いに遊歩道が通じ、遊歩道と湖を隔てるのは、細い芝生と何本かの灌木だけだった。暗かった。水はほとんど見えなかった。しかし、さざ波が岸辺を静かに洗う音や、水面に落ちる単調な雨音は聞こえた。

医事顧問官は言った、「陛下は明日の朝、体操をお始めなさいませ…」と。すると、王は思いがけない跳躍をした。王は、博士のそばから離れて暗闇に飛び込みながら、荒々しい凱歌《がいか》のような叫び声を上げた。それは、オーバーバイエルンの農民たちが、不思議なダンスの合間に上げるヨーデルのような叫びによく似ていた。跳躍の合間、ルートヴィヒは、持っていた傘を放り出した。ローデン生地の外套は、巨大な黒い翼のようにルートヴィヒの後ろにたなびいた。恐ろしくはためいている黒い生地から、ルートヴィヒが解放されたのは、すでに膝まで水につかって立っていたときだった。

愕然として数秒間完全に硬直してしまい、どうにも動けなかったフォン・グデン博士は、王が水を激しくはねさせているのを耳にした。医師は、少ししゃがれた声で「もし、陛下！——何と子どもじみたことを！」と叫んだ。医事顧問官は、嘆きの声を立てた。「お戻りください、陛下！　どうか、どうか！」グデンは、いまだに自分の患者が上機嫌で水浴びをしたいと思っているだけで、それ以上の面倒を考えているわけではあるまいと思っていた。水の方からは、あの荒っぽいヨーデルのような叫びがグデンに迫ってきた——苦痛と歓喜の入り交じり、ある時は高く、ある時は低く響く震える叫び声だった。グデンは、陛下がヨーデルの調べを口にしながら、この地方の農民たちが、垢抜《あかぬ》けないダンスを踊りながらよくやるように、平手で開けた口をリズミカルに叩いているのではないかと、かなり慄然とするような疑惑を覚えた。

ついに、医事顧問官は、王のあとを追って急いで湖中に入ろうと決心した。とはいえ、急いでとはいいながらも、型通りレインコートと帽子を脱ぎ、傘を手放した。その際、グデンは――聖処女マリア、あるいは何らかの天上の力を信じているわけではなかったのに――何度かささやいた「聖処女様、どうか私にお力添えを！」と。神経症専門医は、遊歩道と湖の間にある、水に濡れた草地の上を2、3歩巧みに跳んだ。グデンには、ほとんど何も目に入らなかった。まだたっぷり顔を降り流れる雨で、グデンは目が見えなかった。それでも、グデンはどのあたりに王を探さなければならないか、よくわかっていた。粗っぽい歓声と水をはねとばす音が、グデンに道を教えてくれていたのだ。

「陛下は、どちらへいらっしゃるおつもりですか？」と、医事顧問官は、自分自身がすでに膝上まで水につかっているのを感じて驚きながら、嘆くように叫んだ。黒い水の流れの中から、王は叫び返した。「私の国へ行くのだ。この阿呆め！　私に忠実な者たちのところへ行くのだ、このうすら馬鹿め！　お前からおさらばしたいのだ、この悪魔め！　私はわが家に戻るのだ、このうさんくさい獣め！」こうした言葉を口にしながら、ルートヴィヒは完全に身を水中に投じ、その強い腕でさざ波をかき分け始めた。王は泳いだ。

「こういうことに、私はがまんなりません！」と、グデンは冷たさと戦慄で震える唇でささやいた。――そして、グデンにとっても、いまや完全に水中に身を投じる瞬間がきた。グデンは、びくびくしながらも、素早く水に身を投じたが、その動きには好天の折に冷たい水に入る初老の男たちが見せるように、低く荒い息をつき、ある種の滑稽さがあった。フォン・グデン博士は、長く黒いフロックコートを着て、糊のきいた胸飾りに幅広い黒の絹ネクタイをつけていた。博士は、自分の上等な服が心残りだった。「二度と着ることはできないだろう」と博士は思った。「なにしろフロックコートは仕立て物だし、何といったって水着じゃない――なぜ私は長靴を脱がなかったのか――神様のお母様、私をお助けください！」

その時驚いたことに、グデンは、すでに王に追いついた。王はいまだに岸の近くで堂々と大きな泳ぎの動きを見せていたが、岸からあまり離れてはいなかった。突然、グデンは自分のすぐ前に、水がしたたり落ちるルートヴィヒの頭があるのに気がついた。王の表情は、見るからに恐ろしかった。いつもはきちんと整髪されている髪形は、ぐじゃぐじゃになっていた。メドーサの蛇の髪のように、王の白く光る額には、強張った巻き毛が垂れていて、乱れたひげからは、水がしたたり落ちていた。王は目をくるくる回し、その歯のない口はぱっくり開かれて、哄笑《こうしょう》、叫び声、嘆きの声を発するかのようであった。

「陛下、分別を取り戻してください！」泳ぎ寄った医事顧問官は、戦慄を覚えながらもなおも恭《うやうや》しく、かくも冒険的で極端な状況にあっても、うまく説得すれば何かをなし遂げられると期待して懇願した。

しかし、水のしたたる頭はほえた。――――そして、それは海の怪物に似ていた。――――「私は私の家に戻りたい！　私の国に戻るのだ！」

グデンは、王のうなじをしっかとつかんだ。するとルートヴィヒは、人間の声とは思えない声を放った。「お前は私を殺す気だな、サタンめ！　私がお前にすぐ気づかなかったとでもいうかのようではないか、人殺しめ！」そして、医事顧問官は――――あえぎながら、水がたまっているので、息もできずに――――「私は陛下をお救いするつもりですぞ、陛下――――陛下をお救いしたい…」と言った。返答は、鈍いほえるような笑い声だった。

城の方から、犬のほえる声が聞こえた。フォン・グデン博士は「大分人家が近い、人間が近くにいるのだ…」と考えた。そして、突然、できる限りの大声を張り上げて「助けて、助けて！」と叫び始めた。しかし、その体力では、声は遠くまで届かなかった。その声は、水によって半ば窒息させられ、強い音を生むことはなかった。王は、その大きな濡れた手でグデンの口をふさいだ。「無駄だな」と、恐ろしい王はささやいた。「助けはこない！」

今初めてグデンは、死の不安を覚えた。グデンは、前より激しく王にしがみついた。王は、グデンにささやいた。「私が地獄に落ちる運命ならば、お前も私に同行せねばならないぞ、虫けらめ！」そう言いながら、王はまた目玉をぐるぐる回し、口をかっと開いて欠けた歯を見せた。蛇の髪を垂らした水のしたたる顔は、もはや人間のそれではなかった。それにもかかわらず、グデンはなお「お慈悲を！」とささやいた。しかし、それと同時にグデンは、死を愛撫するかのようにグデンの体を抱き締めてきたルートヴィヒに、抵抗し始めた。

王と医師は戦った。いつ果てるとも知れず降り続ける雨音と暗い波のはねる音が、2人の沈黙の絶望的な決闘を伴奏していた。一度はグデンがルートヴィヒによって流れの下に抑え込まれ、次にはルートヴィヒが医師に抑え込まれた。数秒間は、医事顧問官が勝利を収めるかのように思われた。それどころか、医事顧問官は口をきく力が出たように思い、今度は神の母ではなくて、16年前に亡くなったミュンヒェンのヴァルトフリートホーフに葬られている自分の母の名を呼んだ。「ママ――――おお、ママ！」と精神科医は叫び、その目から流れる涙が、頬を洗う水や傷から流れ出る血と混じり合った。それというのも、王は仮借なく続けられた決闘の間に、高く秀でた学者らしい額に大きなこぶをこしらえたばかりか、頬に歯をぶつけてできた噛み傷から、血が流れていたからだ。「ママ！」と、博士はもう一度叫んだ。すると、博士の恐ろしい敵の白くて大きな、情け容赦を知らぬ手が、博士の言葉をくびり止めた。

「私の国へ行くのだ」と、ルートヴィヒは、わけのわからぬ言葉を口にした。そして、それは波の中から勝利の雄たけびのように響いた。「世界の夜…リヒャルト…黒い白鳥…水…水…おお、下っていく、下っていくのだ…」と沈んで行き、死んで行く王は歌い、喉をごろごろと響かせた。「エリーザベト」と、なお王は口にした。「永遠の破滅…おお、下っていく。」王と学者は、愛し合う2人のように互いに絡み合い、組み合ったまま沈んだ。

ミュンヒェンに向けて、次のような電報が発せられた。「王はグデンとともに、晩に散歩に出掛けられた。まだ戻られていない。庭園を捜索中。」

ベルグ城の庭園には、電灯や松明を照らし、大声で呼び立てる人々。夜の10時ごろ、夜11時ごろ、夜11時半ごろ…と、時間は刻々と過ぎていった。

こうした騒ぎの中で、突然驚きの声と勝利の小さな声を発したのは、若い召使いだった。この若者は、湖畔の草の中に陛下の大きな黒い帽子と、そこから程遠からぬ場所にグデンの雨傘、帽子、外套《がいとう》を見つけたのだ。数分後、2人の遺体は、湖のさざ波の中からそっと岸辺に横たえられた。

下僕、看護人、医師、侍女、警官の声がもう一度辺

りに響き渡った。人々が2人の遺体の周りに迫り、松明の光が濡れた白い表情の上に落ちた。医事顧問官は目を閉じていた。その顔は、額の丸いこぶと右頬の傷を別とすれば、ほとんどくずれていなかった。それは誠実で、満足げな表情を示していた。

しかし、王の目は、何かを訴えるように開いていた。この遺体に誰一人近づこうとしないので、今や勇気をふるって、慈悲心から遺体の上にかがんで哀れな主人の目をふさぐのは、――さっき衣類などを発見したのと同じ――あの若い下僕《げぼく》だった。

若い下僕は、一度も王の身近で仕事をしたことがなかった。陛下も、この下僕に目をかけたことはなかった。若い下僕は遠い国から来た男で、すでに少年の頃、バイエルンのルートヴィヒ二世に夢中だった。今19歳である。

∞悲しみは命よりも尊い――終幕――∞

翌朝、首都ミュンヒェン、バイエルン全土、そしてヨーロッパ中は大騒ぎとなり、興奮が渦巻いた。途方もない知らせ、ぞっとするようなこのニュースが大陸を駆けめぐった。激しい論議を巻き起こし、冷たい好奇心を生み出し、そこここで恐らく涙をさそった。

やがて、ベルク城は静かになった。数人の老女が現れて、王の遺体を洗った。召使いたちは、あたかも大仕事をやってのけ、厄介にも興奮させられ、神経が酷たらしく痛めつけられる冒険を乗り越えたとでもいうように、ぐったり壁にもたれかかっている者もいれば、安楽椅子に横たわっている者もいた。

ドラマは終わりかけている。端役《はやく》たちは疲れてしまっている。それでも、彼らはなお、すべてがいかに壮大で、いかに恐ろしい経過をたどったかをささやき合うことはできる。ドラマは、まだ終わってはいない。最後の場が来ていない。最後の場は、これから始まらねばならない。

一台の黒い馬車が、ベルク城の庭園を抜けてくる。――またも、窓にカーテンの掛かっている黒い馬車である――そして、馬車は玄関前の砂利を敷きつめた広場に停まる。城から3人の召使いが跳ぶように近づいてくる。3人は、たった今まで控えの間で気の抜けた表情で

伸びをしていたのだが、今は驚くほどの速さで現れたのだ。馬車の車輪が、砂利の上で砂利にきしむ音が聞こえると、3人は疲れて、やや不機嫌そうな視線を窓から投げかけて、誰の馬車かに気づき、御者が誰かに気がついた。馬車は湖の対岸ポセンフォーフェンから来ているのだが、ポセンフォーフェンではオーストリア女帝エリーザベトが夏を過ごしているのだ。そこで下僕たちは、誰が馬車に座っているのかを悟って突然眠りから覚めると、生き生きとしたまるでばたついたような素振りで、駆け足で近づいた。3人が、馬車の扉をさっと開けて深々と会釈すると、ヴェールに包まれた貴婦人が、召使いたちや侍女たちの手を借りずに馬車から降りた。

　侍女は、ゆっくりと、かすかなうめき声をもらしながら、ヴェールの貴婦人に付き従い――召使いは誰一人として、貴婦人が馬車を離れる時に手助けをすることは考えていない。だが、女帝は立像のように身じろぎもせずに数秒間馬車の上に立ち尽くす。続いて、下僕たちがまったく予想もしていなかった身振りを見せる。ゆっくりと腕を上げてヴェールを少し上げると、震えながら身を屈めている3人に、自分の素晴らしい卵形の大理石のように青い顔を見せる。それどころか、女帝が黒いヴェールを後ろへぐっとはね除けたので、自分の髪――名高い、黒くて柔らかいふさふさした髪――の一部が見えるようになる。その顔はこわばっている。身を屈めた召使いたちは、下からおずおずとうかがい見て、女帝の顔のこわばりに驚く。召使いたちは、皆これほど美しい顔はまだ見たことがないと感じ、一つの顔にこれほど多くの苦痛が凝縮したのを見たことがないと感じる。

　女帝が歩きはじめて、ようやくその石のような表情の恐ろしい緊張がわずかに緩む。その唇は震え始める。そして、その子どもらしく震える口は、誇らしく上げられたヴェールを払いのけた時、完璧な顔立ちの中でいかに限りなく感動的な作用を見せていることか。それと同時に、女帝の美しい黒い目は潤んでいる。まだ女帝は泣くことができないし、涙を流すこともできない。しかし、このわずかな目の潤みは、すでにこれまでの数時間の恐ろしい凝固した痙攣《けいれん》の後の慰め、恵みを意味している。馬車と城の玄関との間に敷かれた砂利の上を、女帝エリーザベトは早足で歩く。女帝は、黒いひだの多いケープを羽織《はお》っていたが、早足で歩く時、ケープははためいて大きなひだを見せる。かかとの高い、黒の絹靴をはいたエリーザベトは、白い荒涼とした広場を急ぎながらも、人けのない舞台の上を悲劇の女主人公が歩むように覚束ない足取りで、無慈悲にも実現してゆく運命に向かって進んで行く。

侍女は、ほとんどついていけない。女主人の歩みが悲しみの翼によって、速められているかのようだったからだ。侍女は小柄で、老齢である。そのため、前かがみの姿勢としわの寄った土気色の手の侍女は、その顔をヴェールでおおったままだ。女主人が顔からヴェールをはね除けた時の美しくすっきりしたしぐさに出る勇気もなければ、力もないのだ。お付きの老女――もしかすると70歳、あるいは80歳、さもなければ90歳かもしれない――は、深い悲しみの表情を厚く黒いヴェールの奥に隠していた。

侍女は、女主人にあまり遅れを取るまいとして、わずかに喘ぎだす。確かに、その動きは侍女の体力からすれば、速すぎて少し喘《あえ》ぎだすことになるので、言葉を口にするのもまったく楽ではない。しかし、侍女は、ある種の苦痛の文言《もんごん》を唱えるために給料をもらっているのか、あるいは、その仕事を課せられてでもいるかのように――たとえば、嘆き女が埋葬の際に嘆きを課せられて給金をもらうのと同じことなのだ――ひっきりなしにめそめそと嘆き続ける一方で、足早に歩き、喘ぎ続ける。侍女が、その厚いヴェールの黒い仮面で「私たちのお気の毒な御主人様！　おお、私たちの美しい国王様！　神様、その愛しい魂をお憐れみください！　おお、私たちの素晴らしい御主人様！」とつぶやくのが、下僕《げぼく》たちの耳に聞こえる。

その間にも、女帝は玄関に上がる階段の前にたどり着いていた。頭をくるりと巡らせて、肩ごしに小柄な老侍女に気力を削ぐかのように、ほとんど威嚇《いかく》的な視線を向けた。この視線――この目は、突然潤みを止めて澄みきり、力を帯び始めている――は、侍女に嘆きのつぶやきを止めるように要求している。しかし、老女は女帝の視線に気づかないか、気づいても理解できないらしく、ぺらぺらとしゃべり続ける。「私たちの優しい国王様！　Le《ル》 pauvre《ポーヴル》! Ah《アル》, le《ル》 malheureux《マルールーズ》! (哀れな方！　ああ、お気の毒な！)」

ともかくも、侍女は女主人に追いついた。懇願するような身振りで、侍女は両手をエリーザベトの方へ差し伸べた。しかし、エリーザベトは、干からびた侍女の体の弱さに何ら配慮することなく、先を急ぐ――後から思えば、エリーザベトが砂利の広場を翼を付けたかのよう

に駆け抜けたのも、嘆きの声を上げる侍女から逃げるためであったのかもしれない。――エリーザベトは、素早く幅の広い四段の石の階段を高いかかとの音を立てながら上り切った。侍女は、その重いスカートをからげて、できる限りの力を尽くして女主人と同時に扉にたどりつくが、それでも嘆き――「Oh《オー》, notre《ノートル》 pauvre《ポーヴル》 roi《ロワ》!（ああ、私たちの哀れな王様！）」を一瞬たりとも中断しない。

女帝エリーザベトは、ベルク城に入る。

城の上空――灰色で動かない――、湖の上、木々の梢の上には、灰色の低い湿った空が垂れ込めている。今にも雨が降り出しそうに見える。しかし、数時間前から、雨はもう降っていない。

城内では、すでに誰もが黒い馬車で乗り付けたのが誰なのかを知っている。今エリーザベトが侍女を従えて横切らなければならない広間の中には、将校や警察官、医師、下僕、看護人、小間使いが群がっている。刺繍《ししゅう》を施した制服を着た白髪の男が、女帝に近づいてその手に口づけし、この城に歓迎する挨拶を述べようとする。女帝には、この男が目に入らないらしく、美しく弧を描いている眉の下の大きく見開いた目は、盲目のように虚《うつ》ろだった。女帝は、1人の廷臣を追い払うのに両手を小さく動かした。それは、うるさい動物を追い払うか、あるいは頭に浮かんだだけの実際には存在していないが、わずらわしい思いをさせられるもの、ひらひら飛ぶ影、力のない幽霊でも追い払うかのようであった。

人間があふれているこの部屋では、女帝のハイヒールのかかとが大理石の床の上で立てるコツコツという音と、侍女の低い嘆きの声「Notre《ノートル》 pauvre《ポーヴル》 roi《ロワ》（私たちの哀れな王様）…」のほかには、何も聞こえない。

エリーザベトは、——たった今両手でそばから追い払った——刺繍が施されている廷臣に先導されて、幅広い階段を登っていく。廷臣は、光栄にもエリーザベトの案内を許される。

オーストリア女帝は、悲しみに追い立てられてハイヒールで足早に歩く必要はもはやない。エリーザベトは、ほとんど目的の場所にたどり着いているのだ。ほんの数段上がって、2階の廊下をわずかに横切ると、制服の廷臣が深々と頭を下げて、王の寝室に通じる扉を開ける。

この敷居の上をも、エリーザベトは頭を真っ直ぐ伸ばしたまま踏み越える。その口だけは前より強く震えており、その目は濡れ、ものが見えていない。

廷臣は引き下がる。侍女は、女帝に従って死者の部屋に入る。そして、ここで遺体を目にして初めて老女は嘆きのつぶやきを止める。侍女は口をつぐむと、黙ったまま死者の床から最も遠く離れた部屋の片隅へと逃げ出す。そのヴェールのかかった顔を、侍女は、太くて青い血管が小さな蛇のように浮きでている老いた使い古しの両手でおおう。

その間、エリーザベトは——そのケープのひだの中の風に追い立てられているかのように、そして、今は目的の場所に着いているのに、まだすぐには走るのを止められないかのように——ベッドのそばを通って部屋中をせかせかと歩んで、窓に——格子のはめられている部屋に急ぐ。

この窓に格子がはめられたこと、それはエリーザベトが気付いた最初の事実だった。——ルートヴィヒが48時間前ここに到着したとき、怒りと戦慄を覚えながら気付いた最初の事実であったのと同じように。今、鉄格子にしがみついているのはエリーザベトで、その格子は前日と同じように、冷たく濡れているように感じられる。

女帝は、それに触れて身震いする。今震えているのは、その口だけではない。全身が震えている。だが、それと同時に、エリーザベトはついに唇を開く力を見いだす。愛する友の遺体への巡礼の旅に出て以来初めて――エリーザベトは口を開く。長い沈黙のせいでかすれた声で――訴えるというよりも、驚き、唖然とした面持ちで――「まるでルートヴィヒが、性悪《しょうわる》の馬鹿者であったかのように――窓に格子が…」と言う。そして、この2、3語をエリーザベトは繰り返した。5回、7回、10回…と。まるで苦痛の全量が、この言葉に凝縮されて表現されてでもいるかのように。虚《うつ》ろな目で、唇を震わせている白っぽい顔を格子の裏側であちこち動かしているエリーザベト自身が、正気を失った女であるかのように見える。

もしかすると、エリーザベトが格子のはめられた窓辺から動かないでいるのは、死せる友の顔を見なければならない瞬間を先延ばしにするためかもしれない。しかし、その瞬間を避けるわけにはいかない。その瞬間は自分の権利を主張する。その瞬間は現在となることを求めている。耐え抜かれることを欲している。――ああ、とうとうその瞬間が来た。哀れなエリーザベト、もうその手を冷たく濡れた格子の鉄棒から離さなければならない。もうその頭を振り向けて、嘆きにあふれた視線をルートヴィヒの休らっているベッドに向けなければならない。

エリーザベトは、その愛する友がかくもぞっとするほど傷んでいるとは予想もしていなかった。いったい、これは友の顔だったのか？　それは黒ずんで、ほとんど形のない塊のようにしか見えなかった。青黒く腫れ上がり、半ば開いている唇、それはエリーザベトが非常に愛したそれだったのだろうか？　ルートヴィヒの美しい額、王侯らしい髪、これらはすべてどうなってしまったのか？

何という冷酷な手がこれらすべてに触れて、かくも醜くしてしまったのか？

哀れなエリーザベトにとって、この瞬間はいかに惨めなものか？　愕然《がくぜん》とすることはいろいろあったとしても、その瞬間には、暗いながらもある種の壮大さがあると、エリーザベトは期待していたのに！　これが、エリーザベトが心の内に期待していた、感動的で途方もない悲しみの場面であったろうか？　現実はもっと単純かつ残酷に見える。いったい窓に格子のはめられたこの部屋では、何が起こるのだろうか？　もう必ずしも若くはない女性が、ことによると他の誰よりも愛することができたはずの男の痛ましい遺体の前に立っている…。

今エリーザベトは、美しく重いことで有名な髪形の頭を真っ直ぐに保つことができない。その額は前に沈み、涙にあふれた顔は胸の上まで沈む。エリーザベトはよろめき、後ろをつかもうとする。すぐにも倒れるだろう。慌てて侍女が駆け寄り、揺らいでいるエリーザベトを受け止める。

ヴェールで顔を覆《おお》ったままの侍女に支えられて――この時に、侍女には予想された以上に力があり、器用であることがわかった――エリーザベトは祈り始める。最初はささやくように、やがてそれは叫び声となり、叫び声は絶叫にかわった。「神よ、あなたは非常に偉大です。あなたは復讐の神です。あなたは恩寵《おんちょう》の神です。あなたは英知の神です。神よ、あなたは究めがたいお方です。――神様、あなたは究めがたいお方です!」と、エリーザベトは変わり果てた遺体の上で叫ぶ。

――そして、エリーザベトがこれを口にし、絶叫すると、その身に奇跡のような謎に満ち、慰めに満ちたことが起こる。エリーザベトの涙に濡れた目が見えるようになる。その目の前で、エリーザベトの兄弟のような友であった者の表情が変化し、変貌する。枕の上に休らう顔は、もうすでに黒みがかり、むくんでほとんど形のない塊ではない。エリーザベトは、以前から知っていて愛していた兄弟のような友の顔を再び確かめる。そこにはまた、輝きを放つ額の上のカールした髪がある。憂いに満ちた魅力的輝きを放つとともに、死の悲しみをたたえた視線、それが再び現れる。そして、唇は再びあの美しい湾曲を見せる。優しく、それと同時に少し反抗的な唇であり、その唇は、恋い焦がれる者に対してはいつもそれを拒み、それに驚くか、笑い飛ばす者には、常に接吻を浴びせたものだった。

エリーザベトにとって、王の美貌に再会することに何の意味があるだろうか? その伝説の栄光の輝きに包まれて、エリーザベトの前に今一度若い王、銀の甲冑《かっちゅう》の上に真紅の衣をまとった19歳の王、国民の愛する王、白鳥が導くほのかに光る小舟に乗った若い騎士「ローエングリーン」が現れる。そういう情景を、エリーザベトは受け止める。それは、エリーザベトの苦痛を和らげるだろうか? あるいは、エリーザベトが今感じているのは、もはや苦痛ではないのだろうか?

エリーザベトが、神を究めがたい存在と呼び、神はその究めがたい好意によって、溺死した男の死の床のかたわらにいる哀れな女に、一瞬の間悟らせる。ああ、この名状しがたい、非常に大きな瞬間は続き得ない! この瞬間が過ぎてしまうと――この瞬間はいかに早く過ぎていくことだろう!――再びエリーザベトは、頭がぼんやりしてしまい、理性を失くした嘆きをもらし、誰にともなく1万回も、絶望的な問いをささやくことになるだろう。「神様、何故こんなことにならなければならなかったのでしょうか?」と。

しかし、こんなことにならなければならなかったこと――まさにこの理解しがたいことの意味を、この名状しがたい非常に大きな一秒の間に、エリーザベトの傷ついた心は奇跡によって解明し、理解する。死者の姉妹のような女友達エリーザベトが、不吉な戦慄とともに認識することを、言葉は表現することも暗示することもできない。

途方もない光が、死者の運命とエリーザベトの運命の上に落ちてくる。エリーザベトはルートヴィヒの死を理解しているし、自分自身に定められている死をも予知している。また、自分と兄弟のような友とが愛し合っているのに、何故親しい仲になることを許されなかったかも知っている。エリーザベトは、すべてを知っている。心というものが時として優しさであふれるように、エリーザベトの心は知識であふれている。しかし、知識を保つにも優しさを保つにも、人間の心は十分に強くはない。

哀れなエリーザベトは、圧倒的に短い時間のうちに、大きな知識が自分に与えられたと思っている。それらは、エリーザベトの人生と兄弟のような友人の人生との上に立つ逃れがたい掟《おきて》を束の間一瞥《いちべつ》する以上のものを含んでいる。2人の運命———エリーザベト自身の運命と人々に愛されたルートヴィヒの運命について———一瞬の間深く知ることを許されている者は、———しかし、ああ、照らし出されたわずか一秒間!———別の奇跡を教えられたと思うだろう。その胸を動かす苦悩と歓喜、すすり泣きと恍惚《こうえつ》、それらの巨大な混合物によって、いくつもの、そして多くのものが関連し合っていること、その時まで不可解に絡み合って、ぞっとするように見える。

トーマス・マンのミュンヒェン時代

一橋大学教授　尾方《おがた》一郎

——ぬけるような青空の秋の一日、私は研究仲間のOさんの部屋を訪れた。これまで少し古めの文学を研究してきたが、20世紀前半のドイツ文学を勉強しないといけなくなり、その時期を代表する作家の一人、トーマス・マンについて、Oさんに話をきこうというのだ。

「今日はお時間をとっていただいてすみません。さっそくですが、メールに書いたようにトーマス・マンについてお話を伺いたいんですが……」

「最初に断っておくと、ぼくはトーマス・マンの作品について研究をしてはいますが、マンという作家についてそんなに詳しいわけではないんです。」

「というと？」

「マンの作品を研究するんだから、もちろん作家本人についても知らなくてはならない。そうは思うんだけど、この人は調べれば調べるほど、よく分からなくなるんだよね。なので、本人のことよりも作品をまず理解しようと。それも大変ではあるけれど……」

「では、その辺も含めて、お話しください。」

「まず、とても大きな枠組としては、故郷リューベックの時代、ミュンヒェン時代、亡命時代と分けられると思うんだけれど、そこはいいかな。」

「ええ。ざっとおさらいすると、トーマス・マンは北ドイツの港町リューベックで市政にも関わるくらいの名門の商家であるマン家に生まれて、裕福な子供時代をおくった。ところが、お父さんが早く亡くなったために商会をたたんでお母さんと子供たちでミュンヒェンに出てきた。そこでトーマスは、お兄さんのハインリヒと同じく文学を志して成功をおさめて、ノーベル賞も受賞したんだけれども、1933年にナチスがドイツの政権をとったときにナチスににらまれて国外に亡命することになった。それであちこち移ったけれど、かなり長くアメリカにいたんじゃなかったですか。」

「まあ、そんなところだよね。それで今日はミュンヒェン時代あたりを中心に話をしたらいいんだっけ？」

「それでお願いします。」

「最初に作品の話から入るけれど、『トーニオ・クレーガー』のトーニオ、『ヴェニスに死す』のアッシェンバッハ、『魔の山』のハンス・カストルプといった主人公たちって、どれも家庭的には不幸な感じがしませんか?」

「そうね、どの人も結婚とは縁遠い感じだし、ハンス・カストルプなんか両親が早死して親戚に預けられて、就職直前からサナトリウムに7年いて、もちろん結婚話なんかないし、好きになったショーシャ夫人はよく分からないけれど遠くに旦那さんがいるらしいし、最後には一寸先の命も不確かな戦場に送られちゃうし……」

「そういうことだけれど、トーマス・マン本人は……」

「……たしか、カーチャ(カテリーナ)という名家の娘と結婚して、子供も何人かいたんでしょう?」

——そこでOさんは資料を見せて説明してくれたが、簡単にまとめるとこうだ。

1905年2月に結婚したトーマス・マンと妻カーチャの間には、早くもその年11月に長女エーリカが生まれる。翌年には長男クラウスが生まれ、1909年に次男ゴーロ、1910年に次女モーニカ、少しあいて1918年に三女エリーザベト、翌19年に三男ミヒァエルが誕生した。家族が増えるにつれて引っ越しや別荘の建築などを進めたマン夫妻は、1914年にはミュンヒェン市内に立派な邸宅を建て、1933年の亡命までそこで暮らした。

「なんか充実してますね。お金、あったのかな?」

「はは、ごもっともだね。マンは1901年に出した最初の長篇『ブデンブローク家の人々』が当時としてかなりのヒットで、それで一躍有名になったし、経済的にも安定したらしい。妻のカーチャは、お父さんがプリングスハイム教授といってミュンヒェン大学の数学者で、市内でもかなり名門の家の一人娘だったんだけれど、マンはとくにこの『ブデンブローク家の人々』で作家としての地位を確立したことで、首尾よく求婚に成功したらしいんだ。」

「その割に小説の主人公には不幸な目にあわせているのね。『ブデンブローク家の人々』のハノーなんて、事実上の主人公らしいのに、子供のうちに病気で亡くなっちゃうし……」

「その辺は、最近の文学研究では必ずしも正当化されないんだけれど、マン自身の人生でもある程度説明できるよね。彼はそもそも、学校があわなくて成績もあまりよくなかったし、お父さんが早く亡くなってからは、店をたたんでドイツ北部のリューベックからほとんど南の端のミュンヒェンまで引っ越しをするというように、没落とある種の流浪を味わったわけですよ。そして文学を志し、芸術家たちと交流をするようになるんだが、そういう人たちは市民的というか、ブルジョワ的な気質を軽蔑《けいべつ》して、別の価値観を重視するんですね……」

「それで、マン自身は？」

「マン自身は持って生まれたというか、そういう市民的文化への愛着というのは、とうてい捨てられるものじゃなかったんだよね。例えば『魔の山』の最初のほうのハンス・カストルプの生活の描写を見たって、やっぱり裕福な生活が身についた作家でないとなかなか書けないディテールだと思うよ。ところがもう一方で、芸術家的気質というか反ブルジョワみたいな傾向も確実にあって、そのアンビバレントなところが、少なくとも『魔の山』ごろまでの彼の作品には、どうしても反映しているように見えるんだよね。」

「それで、そういう作家の二面性のようなものから作品を読みといていくわけですか？」

「ええ、もちろんそれはとても重要なファクターなんだけど、少なくとも論文をそれで書くのはもう難しい……」

「そうなんですか。」

「ごぞんじの通り、過去にあまりにそういう読み方の研究が多かったので、もうそれで書くのは厳しくなるわけで。」

「そうすると、そのあとはどういう点に注目するようになったんですか？」

「もちろん、いろいろありますけど、一つ大きいのは、トーマス・マンにみられる同性への関心ですね。」

「ホモ・エロティーク（ホモ・セクシャル）ですか？」

「そう、これもそう新しい話ではないんだけれど、1975年にマンの死後20年経って、遺言にもとづいて日記を収めた箱が開封されたのね。それでだんだん明らかになってきて。われわれの世代だと、最初からそういう話を聞いているからそうでもないけれど、年配の研究者にはそうとうショックを与えたみたいね。」

「でも、『ヴェニスに死す』なんて50歳を越えた大作家が保養地で見かけた異国の美少年にひかれて、さりげない出会いを画策したり、街中でひそかにあとをつけたりで、作品を読んだら分かるものじゃないですか。」

「ぼくらの先生たちにも、そういった意見の人もいたけれど。そもそも、ドイツは文化的にはギリシャの影響が色濃いところで、古代ギリシャではエロスというと男性が男性に対するものだったわけ。そういうことからすると、ある種ひじょうに美学的・精神的なものとして、マンが魅かれたということも充分にありそうなことだね。とはいえ、マンは熱烈に求婚した奥さんと結婚して、さっきも言ったように６人も子供をつくっているわけだから……」

「なるほど。その他に話題になったことは？」

「あとは反ユダヤ主義との関係かな。マンはさっきも少しふれたように、１９３３年にナチスが政権をとるとすぐ亡命したけれど、正確にはふつうの亡命と違って、たまたま講演旅行にカーチャといっしょに国外に出ていたところで、それでもうドイツに戻らないほうがいいと忠告されて、結局そのまま帰らずじまいになったのね。」

「それじゃ、家や財産は？」

「ナチスに没収されて。原稿の一部は子供たちががんばって回収できたけれど、かなりの部分はもう行方不明。ノーベル賞の賞金なんかも当然パー。」

「じゃあ、ほとんど着のみ着のまま……」

「それに近いよね。妻のカーチャの実家はユダヤ系だったんだけれど、この時はまだそのせいでもなく、以前からトーマス・マンがヒトラーやナチスに反対して文章を発表したりしていたので、それで危険になったんだよね。ただ反ユダヤ主義との関係に戻ると、そういう家庭環境にもかかわらず、反ユダヤ的にもとれる要素が、特に若いころの作品に見られるということで議論になったこともある。ただ、この辺はぼく自身の勉強が及んでいないので、はっきり意見なんか言えないんだけれど……」

「そうですか。でもヴァーグナーとの関係は、きっと多少関わってきますよね。」

「うん、ヴァーグナー崇拝というのは、19世紀後半からドイツという国も音楽の世界も超えて広がった、とても大きな文化現象だけれど、マンも熱烈に、そして生涯を通じて愛好していたとは言えるよね。ピアノを習ったことがない彼が、ときどき『トリスタン』の一節を好んでピアノで弾いていたことは家族の記憶にも強く残っていたみたいだし。そして、ヴァーグナー熱というのはカーチャのお父さんのプリングスハイム教授にも共通していて、職業的にはかけ離れていてもこの点では話が合ったとも言えるんだ。」

「そういうことだけ考えても、ヴァーグナーと反ユダヤ主義の関係って難しいですね。」

「そう、ドイツを賛美するヴァーグナーの思想に反ユダヤ的な要素があったことは否定できないし、ヒトラーが、まあこれはむしろ音楽のほうだけれどヴァーグナーに熱狂して、その上演に大変な肩入れをしたこと、その音楽がナチスに大いに利用され、効果を発揮してしまったことは重い事実としてずっと残ることになった。ただ、マンの場合、思想的なものとはもう関係ないレベルでもヴァーグナーからの影響とされるものがあって、例えばライトモチーフの技法なんかがそうなんだ。」

[リヒャルト・ヴァーグナー]
ルートヴィヒ２世ばかりか、トーマス・マンもアドルフ・ヒトラーも有名なワグネリアンだったが……。

——ライトモチーフとは、ヴァーグナーの楽劇の中で、登場人物や剣や、ワルハラの城や、もっと抽象的な概念にも、対応する短いメロディーが割りあてられて、人や物が登場したり話題になったりすると、その音が鳴るというあれね。でも文学と、どう関係するんだろう……

「マンは、小説でその技法をどう使ったんですか？」

「まあ分かりやすいのは、『魔の山』なんかである人物が出てくると、その人の外見の特徴とか、くせとかが繰りかえし言及されるということね。例えば、セテンブリーニ氏だと格子じまのズボンとか、口ひげをひねっていることとか。ショーシャ夫人だとガラス戸をガシャンと乱暴に閉めるとか。」

「でも、それは技法という形式的なものだけじゃなく、むしろ内容に関わっていませんか？　セテンブリーニ氏

が同じ服装をしているのはお金がないらしいことと結びついているし、ショーシャ夫人の場合は、投げやりなマナーにハンス・カストルプが初めイラッとしたことが彼女への関心につながって恋におちるわけでしょう？」

「もちろん、そこには人間の認識はなにかを類型化することに始まるということが、ある意味で小説の内容としても含まれるということもあるし、だとすると形式と内容は到底分けられないという古典的な議論にも戻っていくよね。でも小説のコトバは、コトバ以外の何かを指し示すけれど、音楽の音はそれ自身以外の何も示さないというのがふつうの考え方で、音楽の中で何かを指し示すことがあるとすれば、すでに出てきた音をくり返すことでしかありえない。その点で少なくとも古典的形式をもったクラシック音楽は、くり返しとか、あるいはくり返しながら差をつけることのさまざまな組み合わせで、とても大きな効果をあげているわけだ。」

「つまり、形式だけで実現されているということですか。」

「うん、そうなると言葉の定義の問題という気もするし、形式と内容を区別する意味があるのかとも言えると思う。でもヴァーグナーの影響に話を戻せば……」

――この、ヴァーグナーの影響に話を戻す、というのもOさん自身の形式へのこだわりの一つかなとチラッと思ったけれど、私は話の腰を折らずに黙っていた。

「……トーマス・マンがそこで学んだものがあるとすれば、ある事柄に何かの旋律や形容が結びつけられることというよりは、ある間隔をおいて何かがくり返され、そしてそれがくり返される時に微妙な差異や色づけを持たされる、そういう構成に対する絶妙な感覚かなと思うんだよね。もちろん、そうした感覚自体は学んで身につけたものではなく、マン自身がすでに持っていたものかもしれない。だけどそういうものの効果について、彼がヴァーグナーの音楽によってはっきり目を開かれたということは、たぶん言えると思うし、彼の文学の魅力のかなりの部分というのは、そうした音楽的と言ってもいいような構成感、もっとあいまいに言えば〈呼吸〉のようなところにある気がするんだよ。」

――そうかぁ。私はマンの小説は面白く読んでいるけれど、ヴァーグナーの楽劇ってちょっと長すぎる感じで、〈呼吸〉なんかつかめないからなぁ……。そう考えていると、Oさんは軽く目をつぶって指揮でもするように手をあげ、鼻歌を歌いだした。これは、『トリスタンとイゾルデ』？　こっ、この人も……??

紀伊國屋書店刊『トーマス・マン日記』
訳者・森川俊夫氏に聞く

トーマス・マンから学ぶ人間愛

■聞き手：中村明（元共同通信編集委員、1970年一橋大学社会学部卒、元森川ゼミ在籍）

第一次世界大戦後の文化人の弱さと同性愛

――20世紀最高の作家であるトーマス・マンの長男で、文学的才能に恵まれながらも42歳で自死したクラウス・マンの小説『鉄格子のはめられた窓』に着目され、翻訳を試みられたのはなぜですか。

森川　19世紀から20世紀にかけてフランスのジャン・コクトー（1889〜1963年）ら芸術家、知識人の間で麻薬など薬物への嗜好性が強かったことが気になっていました。トーマス・マンは息子のクラウスに薬物服用や同性愛の傾向がみられることに不安を感じ、『混乱と幼い悩み』という作品でこうした家庭の悩みを表現しています。

[タイプライターに向かうクラウス]
同性愛の相手や親友の自殺という死の影を振り払うかのように、米軍に入隊して戦役についた。

クラウスは18歳頃から小説を書き始め、詩人・画家・評論家として活躍しますが、ナチスを批判して1933年オランダに移住。その3年後、父トーマスの後を追うようにアメリカへ渡り、1943年には市民権を得て、米兵としてイタリア戦線にも出征します。しかし、相次ぐ親友や同性愛相手の死で孤独感に苛まれ、1949年に睡眠薬の過剰服用で自殺をしました。

このことに、私は第一次世界大戦後の文化人の精神的な弱さや不安感を感じ取り、クラウスの作品に興味を持ったのです。日本では『マン家の人々――転回点1』（小栗浩訳、1970年晶文社刊）が発行されていますが、『鉄格子のはめられた窓』には、短編ながら父トーマスゆずりの文才が認められます。

実は、トーマス・マンは日記の中で自身の同性愛的傾向に触れており、クラウスら息子たちにも少なからず影響を与えたのではないかと思い、私は、この短編小説の翻訳に取りかかったのです。

――1949年5月22日、ストックホルムのホテルで長男クラウスの自殺の電報を受け取った73歳のマンは、日記に「衝撃に打ちのめされる」と書いています。彼にとってクラウスは、どんな存在だったのでしょうか。

森川　トーマス・マンは、家族を深く愛していました。長男クラウスには不満を抱きながらも、息子を批判する評論家に対してはひどく腹を立てています。娘のエーリカの再婚相手で俳優のグリュンドゲンスに対しても、二人の離婚後にクラウスと一緒になって批判しました。このように、トーマスは自分の子に対しては身びいきと言えるほど弁護する人でした。

――クラウスならではという小説の味わいは、『鉄格子のはめられた窓』のどこに読み取れますか。

森川　主人公のルートヴィヒ二世と、その同性愛相手のヴァーグナー、その死後に愛人にした役者ヨゼフ・カインツというように、作者自身がホモセクシャルな傾向があったので、その道の人ならではの筆致で表現しているという点です。ドイツに限らず当時は、ホモセクシャルが明るみになると殺された人が割と多かった時代でしたから、読む人が読めば分かるように書いていますね。

社会からの疎外と唯美主義

――トーマス・マンは、1875年6月6日、ドイツのハンザ都市リューベックで穀物商会を経営する家に生まれ、父親からゲルマン気質を、ラテン系の母親から芸術的な気質を伝えられて、恵まれた環境の中で多感な青春時代を過ごしています。小説家だった兄ハインリヒの影響もあって、20歳になる前に小説『転落』を書くなど作家として華やかなスタートを切り、『ブデンブローク家の人々』（森川俊夫訳、新潮世界文学33）、『トーニオ・クレーガー』（高橋義孝訳、新潮世界文学33）、『魔の山』（関泰祐、望月市恵訳、岩波文庫）などの傑作を次々と生み出しています。マンの作品のテーマには、「Mensch（人間）とは何か」「Menschlichkeit（人間らしさ）とは何か」「Humanität（人間愛）とは何か」が、基軸にあります。こうした概念を認識する場合、マンの文学を、どのように考えたらよいのですか。

森川　マンは北ドイツ

［兄ハインリヒ（左）とトーマス（右）］

の市民階級出身であり、この階級の歴史的、社会的使命が第一次世界大戦によって決定的に終わったと認識したのちも、市民精神そのものの意義を否定することなく、市民階級の出身であるとの意識を終生持ち続けました。

初期の短編に見られるように、マンの場合、正常でない一切のもの、例えば市民社会からの脱落者、心身障害者、病人など疎外感《そがい》にとらわれている存在や、そうした社会からの疎外者を生み出す現象に対する関心が異常に強かったのです。この限りで、マンは唯美《ゆいび》主義へ傾斜する危険性を強く内包していました。事実、マンは作品の美的完成そのものを究極の目的とし、そのためなら生活を犠牲にすることもいとわないと考えた時期すらあったのです。このようなニヒリズムへの傾斜を見せる唯美主義をマンに克服させたものは、やはり唯美主義そのものであり、それが内包する不毛性でした。

唯美主義は、形式の完成を要請します。しかも形式それ自体の可能性は限定されているため、残された抜け道はパロディですが、これは本質的には創造的ではあり得ません。さらに、唯美主義は限定された形式の中でパロディ化を避けようとして、グロテスクなモチーフやテーマに陥《おちい》る傾向があります。美的、感覚的関心の充足が形式そのものでは満足させられないとすれば、モチーフあるいはテーマによって満足を求めざるを得ないからです。しかし、感覚は、あるいは美的感覚は永続的な美を認めません。とりわけ美的感覚は常に新しい、より刺激的な対象によってしか満足させることがないのです。唯美主義のこのような不毛《ふもう》性を認識してから、マンは異常なものへの関心を、より大きな異常性を包括する全体への関心に転化させていったのです。

市民生活と芸術との対立の止揚

――そうした意味では、『魔の山』がマン文学の転回点ともいえるのでは……。

森川　『魔の山』における啓蒙主義者で、民族主義的民主主義者のゼテンブリーニが、多くの点でマンの書いた『非政治的人間の考察』におけるマンとの共通点を持ちながら、なお異質であるのは、次の点です。つまり、ゼテンブリーニは異常なものに対しては目を閉ざし、それとの関与を堅く拒むが、その合理主義は非合理的なもの、神秘的なものを拒否することによってのみ、その存在が保証される……。このような態度によって、人間存在を全的に把握することは不可能です。

これに対してマンは、『魔の山』を転回点として、かつて対立の次元においてとらえていた〈異常〉なものを包摂する次元において考えることになりました。ここにモラリストであるマンと、『魔の山』の中でゼテンブリーニに戯画《ぎが》化されたロベスピエール的（手段を選ばない）

理想主義、あるいはその徳の体現者としてのポーズ（気取り）との隔たりがあるのです。

――『トーニオ・クレーガー』から『魔の山』に至るまでに、マンも芸術家として何を追求すべきか悪戦苦闘しているわけですね。

森川　マンは、1903年発表の短編小説『トーニオ・クレーガー』の中で、生活形式としての市民的職業とは「組織的、規則的に反復されるもの、義務として現れてくるもの、快・不快にかかわりなくなされねばならぬものによる生活の支配を、すなわち生活における倫理的優位を意味する。換言すれば、気分に対する秩序の、一時的なものに対する永続的なものの、センセイションを糧とする天才性に対する静謐《せいひつ》な仕事ぶりの支配を意味する。」と書いています。この市民的生活態度が文学に持ち込まれる時、唯美主義はニヒリズムへの傾斜を免れるというわけです。

さらに、マンは、「文学は生活を倫理的に充足させる手段にほかならない。私の作品は、生活の禁欲的な否定の産物でも、その意義でも目的でもなく、自身の生活の倫理的表現形式なのである……。したがって、私の関心は作品ではなく、私の生活なのである。」と書いています。つまり、市民と芸術家の対立の図式をいかに止揚するか、芸術家が人間への道を見つけるために格闘しているのです。

――1924年発表の長編小説『魔の山』で、マンは人間に関する深い考察を行っています。主人公のハンス・カストルプは、フランスに代表されるブルジョア民主主義を評価し、＜文明の進歩＞に加担する合理主義者であるゼテンブリーニと、キリスト教に基づく神学を極める中で「市民精神の歴史と完全に歩調を合わせた人間の堕落の歴史」を救済すべきだと主張する、狂信的な死の思索家で冷酷な理論家のナフタとの論争を見守りつつ、「人間とは何か」「人間らしさとは何か」について自らのある種の悟りを開いていきますね。この小説の白眉は、ハンス・カストルプが第六章「雪」の中でスキーに出かけ、吹雪の中で凍死寸前に幻覚を見たことだと思いますが……。

森川　まさに、この「雪」の中にマンの思いが詰まっています。ヨーロッパ各地からスイス・アルプス山麓のサナトリウムにやってきて療養生活を送る上流階級の人たちは、眼下の市民社会を「平地」と呼んで軽蔑しているわけですが、マンは、こうした上流階級の人たちを、ヨーロッパの文明史的な動きを俯瞰《ふかん》的にとらえ、人間はいかに生きるべきか、国家はいかにあるべきかなどについて市民社会の規範と道徳とから解放された自由な人間として考察しています。人類史的視野への転回点ですね。マンが、『魔の山』を「人生の〈奥義《おうぎ》伝授の書〉」と言っているのもうなづけます。

［スイス東部の保養地ダヴォース］　マンは、結核を患った妻カーチャが療養するサナトリウムを訪れたのをきっかけに『魔の山』のテーマを得た。

例えば「雪」の中で、マンは、ハンスの口をかりて、次のように記しています。

「死は大きな力である。死の前で僕たちは帽子を脱ぎ、爪立ちをしてゆれ進むのだ。死は過去の重々しいかざり襟《えり》をつけ、生きている僕たちも死に敬意を表してやはり服装を正し、黒い服をつける。理性は死の前では滑稽に見えるが、それは理性が単なる徳に過ぎないのに、死は自由、冒険、無形式、淫蕩《いんとう》であるからだ。死は淫蕩であって、愛ではない、と僕の夢は言う。死と愛——これは俗悪な間違った組み合わせだ！　愛は死に対立し、理性ではなくて、愛のみが死より強いのだ。

愛のみが、理性ではなくて愛のみが正しい考えを与えるのだ。形式も愛と善意とからのみ生まれるのである。血の饗宴《きょうえん》をひそかに頭に置きながら、聡明でやさしい集団と美しい人間社会をつくる形式と作法とは。ああ、このようにはっきりと夢を見、立派に陣とりをしたのだ！

僕はこれを忘れないようにしよう。僕は心の中で、死に誠実な気持ちを持ち続けよう。しかし、死と過去への誠実さが僕たちの考えと陣とりを支配するならば、その誠実さは悪意と陰惨な淫蕩と反人間性にかわる事もはっきりと覚えておこう。人間は、善意と愛とを失わないために、考えを死に従属させないようにしなくてはならない。これで、僕は目が覚めるのだ。」

ハンス・カストルプは、個人が大きな総体の一部であるという事実に内包される人間存在の連帯が論理の帰結なのではなくて、人間存在の基本的前提の一つであるという洞察《どうさつ》を、あの忌々《いまいま》しい吹雪の中での円環運動の経験に続く〈夢〉によって得たのです。さらに、この夢が人間のあるべき姿と人間の共同体の姿を象徴するものであることに思い至ります。即ち、この共同体は、〈人間の優雅、聡明、慇懃《いんぎん》な姿が支配する明るい〉表面と、〈その背後では残忍な血の宴《うたげ》が演じられる〉裏面とを併《あわ》せ持っています。そして、これは人間の共同体の姿であるだけでなく、人間そのものも、この表裏を備えているのです。もちろん、そのいずれか一面が人間とその共同体の真実なのではなく、また、この表裏の存在を不可避な運命として甘受すべきである、というのでもありません。

人間の尊厳に即した博愛

――ハンス・カストルプは、「人間は、生より高貴であり、生に従属するには高貴すぎる――心の中に敬虔《けいけん》さを持つからだ」「愛のみが、理性ではなくて愛のみが正しい考えを与えるのだ。形式も愛と善意とからのみ生まれるのである」との認識に至ります。これは昔からドイツ人が〈Würde（ヴェルデ　尊厳）〉という概念を大事にしていること、〈die Würde des Menschen（ディ　ヴェルデ　デス　メンシェン　人間の尊厳）〉の不可侵性という概念を大事にしてきたことが想起されます。ドイツの哲学者カントは、「Würde はア・プリオリな概念、つまり人間の一切の経験とは関係なく存在する概念だ」と述べ、「尊厳の神聖性」という言い方もしています。マンも人間を考察する時、こうしたドイツの伝統的な考え方に依拠《いきょ》したのでしょうか。

森川　「人間の生命そのものを大事にする」という考えは、中世の厳しいキリスト教的な考え方に対して、人間の素晴らしさを讃えるギリシャ文明に対する畏敬の念や、人間存在の大きさに対する意識が高まるルネサンスの時代精神として生まれました。

　人間は生命を担っている存在として尊重されなければならず、その人間の素質やその人の将来がどうあろうとも、その人の生命そのものが侵害されることは許されません。「時間」や「空間」と同様の概念として、人間が否定しようがしまいが、天からあるものとして、その範《はん》疇《ちゅう》の中で考えるべきものとして「人間の尊厳を守る」ということを考えないといけないと言うのです。

　倫理については、「神に照らして人間としての行動を考える」と「ヒューマニズムに照らして考える」という二つの定義があります。つまり、神を頂点とする価値体系と、人間を頂点とする価値体系です。後者は神に代わる人間であり、周囲にいない他者としての人間です。理想的な人間像を想定し、これを頂点とする世界観が生ま

［ミケランジェロ作「ピエタ」］ 処刑されたイエスの遺体を抱いて悲しむ聖母マリアの姿が生き生きとかたどられている。

れてきたのがルネサンス期なのです。

その象徴と言えるのが、『魔の山』で狂信的な死の思索家で冷酷な理論家のナフタが部屋に飾っている、マリアとイエスをかたどった醜悪な「ピエタ」の像です。これは「人間は美しくあってはいけない」という中世的価値観が反映したものでした。一方、バチカンのサンピエトロ寺院には、ルネサンス期に活躍したイタリアの芸術家ミケランジェロ（1475〜1564年）の代表作「ピエタ」の像があります。この大理石像ほど人間の美しさを余すところなく描いたものはない、と言われる傑作です。中世のカトリックの教えから見れば、美しい「ピエタ」の像はまさに異端《いたん》と言ってもいい存在でした。

しかし、ルネサンス期とはいえ、まだ神の世界観の中で人間はネガティブに扱われていたのです。こうした中で、Humanism（フマニスム、人間主義）が機運として出てきました。それは、「human（フマン、人間らしい）なものを重視する」「他者との関係を価値観の頂点に置いて考えていく」「他者を実践可能性あるものとして見ていく」といったものでした。

このルネサンス期のフマニスムの考え方が社会的なものに変わった契機が、フランス革命でした。ルネサンス期は、ルターが言うように自由は「神からの自由」、平等は「神の前の平等」で、宗教的なものでした。社会的存在としての人間が意識されたのはルネサンス期でしたが、法的に定着したのはフランス革命とアメリカの独立宣言です。

和辻哲郎《わつじてつろう》は、『人間の学としての倫理学』の中で、「神に対する倫理を想定すれば、人間の学としての倫理は人間関係の学問」と述べています。人間関係が存在するところでは、相互の行動を律するものがあります。その律するものこそが倫理で、支配的な行動原理が倫理となるのです。人間にはしかるべき行動が要請され、それを逸脱すると犯罪になります。人間の倫理について、出来あいのものを提示することはできません。なぜなら、それぞれの文化、伝統に応じて倫理内容は異なるからです。

——トーマス・マンは、ハンス・カストルプを通して人間が生きるための基本思想としてフマニスムの重要性について語っているのですね。

森川　人間の尊厳を大事にする考え方は、フマニスム、即ち、ヒューマニズム（人間主義）として、「人間が神の後見から独立した宣言」——すべての人間は独立した存在であり、同等の権利と品位を与えられるべきだ。それを享受できない人がいれば、手を差し伸べるべきだ——として定着していきますが、フランス革命を経験する中で、こうした思想が深化しました。

1789年のフランス革命の成功で、「自由」を獲得したブルジョアジーが活発な経済活動を展開すると、国民に繁栄と同時にインフレをもたらし、下層階級との深刻な対立を生みます。「革命の成果を平等に分配すべきだ」と主張する下層階級と、「自由」を謳歌するブルジョアジーの矛盾を調整する理念として考え出されたのが「博愛」という概念であり、ヒューマニズムの思想的基礎となるものです。

つまり、「自由」や「平等」の前に、人間の尊厳を大事にするという概念から生まれる「博愛」を置かないと、「自由」と「平等」の概念はそれぞれが暴走するのです。「自由」は行き過ぎると「平等」が損なわれ、「平等」が行き過ぎると人間の「自由」を危うくします。「自由」と「平等」のせめぎあいが人間社会の歴史の流れであるならば、こうした暴走を止めるための思想が必要であり、その基本的な概念として「博愛」が考え出されたのです。

人間性の荒廃とファシズム

——ドイツ語の〈sozial（ゾツィアル）〉と〈human（フマン）〉は、どちらも「人間の関係」という意味ですが、どちらかと言えば〈sozial〉は「関係」に、〈human〉は「人間」に力点が置かれています。社会政策は人間の尊厳を尊重する、という基本思想が欠けていれば意味がありません。例えば、日本の官僚機構に人間の尊厳を第一に考えて行動するという発想があるか、と言えばほとんどないも同然です。古くはリトアニアでユダヤ人にビザを発給した杉原千畝《ちうね》氏に対する戦後の外務省の処分問題、エイズ問題に対する厚生労働省の対応など枚挙《まいきょ》に暇《いとま》がありません。ちなみに〈Sozialism〉は「社会主義」と日本語に翻訳されていますが、本来は「人間主義」と訳すべきでした。ドイツでは「人間の尊厳」を大事にする思想が、16世紀にアウグスブルクで集合住宅「貧民の家」を建てた、ヨーロッパ有数の大富豪フガーの社会政策の中にも見て取れるのに、20世紀にはヒトラーを登場させてしまいました。人間の悪魔性の空恐ろしいところだと思いますが…。

［集合住宅「貧民の家」］ 16世紀前半欧州有数の大富豪ヤーコプ・フガーによって低所得者のために建てられた。

森川　マンの作品や日記などの翻訳を通して痛感したのは、一語一句の基底にある膨大な歴史の流れや時代背景が関わっていることで、それに対する理解なしに作業ができなかったことです。まして、マンの作品は難解極まるものですから、翻訳には悪戦苦闘しました。

第一次世界大戦がドイツの負け戦で終わり、ドイツも欧米型の三権分立という形式と自由、平等、博愛の思想を掲げたフランスや米国型の民主主義体制を作っていきますが、その流れの中でヒトラー率いるナチズムが跋扈《ばっこ》します。マンは当初ナチズムを過小評価していたようですが、自分の身に災いが及ぶのを看取《かんしゅ》して亡命生活に入ります。『魔の山』が出版されたのが１９２４年で、その5年後にマンはノーベル文学賞を受賞しました。そして、１９３３年1月にヒトラー政権が誕生すると、翌2月、マンはミュンヒェンで「リヒャルト・ヴァーグナーの苦悩と偉大」と題する講演を行って、次のように述べています。

「１８４９年の革命騒動に参加したため、彼（ヴァーグナー）は12年にわたる苦しい亡命生活を送らねばならなかったのだが、後年彼はこのことをできるだけ卑小化し、否定しようとした。そのころ彼は自分の〈いやしむべき〉オプティミズムを恥じ、ビスマルクの帝国という所与《しょよ》の事実を、それがうまくいく限りは、自分の夢の実現と混同していたのである。彼はドイツ市民階級の歩んだ道を歩んだのである。革命から幻滅への、ペシミズムへの諦めきった、権力に保護された内面性への道を。」

　これは、ドイツ市民階級がファシズムにまさに魂を売り渡そうとする直前のマンの発言ですが、このような市民階級の内包する問題性は、すでに『魔の山』執筆の頃にマンが予感していたのです。

　文明が一定段階に達して爛熟《らんじゅく》期を迎えると、かえって人々は素朴なもの、原始的なものに新鮮な感動を覚え、芸術もこれに呼応《こおう》する動きを示すものです。マンは後に19世紀から20世紀にかけての時代を舞台に、『ファウストゥス博士』の中で音楽の分野におけるこのような芸術傾向の流れを描いています。主人公の作曲家アードリアーン・レーヴァーキューンはロマン派音楽に典型的に見られる形式性に対する感性の反逆とは正反対の道を選び、芸術から感性的なもの、人間的なものを徹底的に排除して純粋なる形式性を追求します。この努力の頂点は、形式の解体であり、原始的なものへの復帰につながるのです。マンは『トーニオ・クレーガー』において、芸術のこのような傾向の必然性を認めながらも、その克服こそが芸術家の使命であることを暗示しています。

　こうして、いったんは否定した芸術傾向を40年後の第二次世界大戦の渦中《かちゅう》、『ファウストゥス博士』の中で再度取り上げ、この傾向が行きつく荒涼たる極北の風景まで描いたのは、この芸術傾向とナチズムとがその基盤を共有しているという認識から、この精神的風土の再吟味の必要を感じたためです。この精神的風土が政治的な危険をはらむという洞察は、マンがナチズムを現実に目にしてから生まれたものではありません。

　１９２６年、パリに招待されたマンは、その時の見聞をまとめた『パリ訪問始末記』を発表しました。その中で、議会制民主主義に対する批判的気分が広く存在していることを確認しています。しかし、この気分の必然性は認めることが出来ても、「前民主主義体制に戻る道を辿《たど》ることが出来ない」と断言しました。さらに「民主主義に続く革新的なもの」と「粗野《そや》な反動」とを混同したり、取り違えたりする危険が今日ほど大きかったことはない」として、マンは大地、民族、自然、過去、死の意義を強調する革命的蒙昧《もうまい》主義の傾向が文学界にも見られることを指摘し、警告したのです。

　この革命的蒙昧主義とそのあらゆる変種に共通する特徴は、原始的なものの無条件的讃美であり、原始的なものから出発した人類の営みの成果、即ち、歴史の否定であり、人間愛の否定です。ここでは、原始的なものの対象化もありえません。原始的なものに対する批判的距離がないからです。これが自然に対する、原始的自然に対するハンス・カストルプの〈自然への〉憧憬《どうけい》と本質的に異なる点であろうと思います。

大衆を欺く「ファシズムの心理学」

――マンは、小説家として内面的なものを深く探求しながらも、ドイツの歴史的特殊性を踏まえて文学作品として形象化しているように思いますが、いかがでしょうか。

森川　マンにとって、文化とは、アポロン（ギリシャ神話で光明、医術、音楽、予言を司《つかさど》る若く美しい神の子。芸術運動で静的で秩序や調和を目指す）的なものとディオニュソス（ギリシャ神話で酒の神。芸術運動で陶酔的、激情的な特徴がある）的なものとの調和的統一でした。したがって、合理的なものを蔑視《べっし》して、生の本質的一側面である非合理的で衝動的なものにのみ創造的意義を認めるような生哲学の曲解や、その政治的表現としてのナチズムの勢力の伸長を黙視できなかったのは、当然です。

1933年のヒトラーの政権掌握《しょうあく》に至るまでの時期に、ナチズムの危険を直接訴えた講演、論文は枚挙《まいきょ》に暇《いとま》がありませんが、ここでは、催眠術に通じた魔術師とその観客を描いて、独裁者に対する抵抗の形式を問題として取り上げた短編小説『マーリオと魔術師』（高橋義孝訳、新潮世界文学35）について考えてみましょう。ちなみに、この作品は、ノーベル文学賞受賞第1作として、1930年に発表されました。

この小説に登場する魔術師ツィポラは、人間心理の深層を支配する能力を持っており、被術者の人間的尊厳は魔術師の人間的品位に左右されることになります。ツィポラの関心はもっぱら深層心理の支配に集中し、この理性的にはとらえがたい深層心理を人間存在における一つのモメント（動力）と考える節度は、ツィポラの舞台からは窺《うかが》われません。これがのちの四部作『ヨゼフとその兄弟たち』についてのエッセイ『十六年』の中で、マンが『マーリオと魔術師』を「ファシズムの心理学」と呼んだ理由です。

しかし、発表当時、この意図は理解されず、初期のマンの小説で好んで取り取り上げられた、疎外された存在（ツィポラ）と社会（観客）という問題、現代社会における芸術家と市民の問題のバリエーションとみられたと言われています。

ともあれ、この小説では、「ファシズムの心理学」が取り上げられているばかりでなく、ファシズムに対する大衆の反応も描かれているのです。大多数の観客は、ツィポラの魔術が意味するところをもちろん悟りはしません。彼らはそれを楽しみ、あるいはツィポラの支配に屈服する。しかし、人間の尊厳に対する重大な侮蔑《ぶべつ》を感じた一人の若者が、絶対に魔術師の意のままにならぬと意気込んでツィポラの前に立ちはしたものの、結局ツィポラに踊らされてしまう……。

観客の一人の〈わたし〉は、こう言います。

「この青年は、闘争体制の消極性の故に敗北したのだ。恐らく人間は〈欲しない〉ということでは心理的にみれば生きてはいられない。つまり、あることを欲しないということ、これは長い間にわたれば生の内容ではあり得ない。あることを欲しないということと、結局は要求された通りのことをやってしまうということとの間には、余り差異がなく、自由の理念は、圧殺されてしまうことになる。」

しかし、舞台の成功を誇るツィポラは、観客の喝采《かっさい》の最中に、折しも魔術から醒《さ》まされた別の若者マーリオによって射殺されます。

「恐るべき結末、極めて宿命的な結末だった。それでいて、この結末にはほっとさせるようなところがあった。――わたしはそう感ぜざるを得なかったし、今でもやはりその感じは変わらない。」

マンは、既に述べた通り、人間存在のうちにひそむ非合理的なモメント（動力）を否定しはしません。しかし、このモメントにのみ人間存在の全価値を認めようとする傾向や、このモメントを悪用して、人間存在に本来備わっている尊厳性を傷つけようとする動きに対しては、この作品に見られるように、つまり、マーリオのように積極的態度をとる必要があるというのが、マンの人間についての考察から生まれた結論でした。

戦後アメリカの腐敗と偽善

――マン夫妻は１９３３年3月、講演のためアムステルダム、ブリュッセル、パリに出かけましたが、夫人のカタリーナがユダヤ人であることから帰国すればナチスの迫害に遭う恐れがあるとして、ひとまずスイスに滞在。その後、アメリカに渡ります。マンはリューベックの高等学校（ギムナジウム）時代から日記をつけていましたが、彼自身の手で日記は2度にわたり破棄《はき》されました。残されたのは、１９１８年９月11日から１９２１年12月1日までのものと、その後10年余の日記は破棄され、１９３３年3月15日から１９５５年8月12日、亡命先のスイスのチューリヒで亡くなる直前の7月29日までのものだけです。いわば、「亡命日記」とも言えます。

森川先生は、１９８５年初出の『トーマス・マン日記』（紀伊國屋書店）以来、２０１６年3月の完結まで全10巻の翻訳に関わられましたが、最後にこの日記の今日的意義についてお話ください。

森川　マンは、ルーズベルト米大統領の社会政策に対する深い敬意も、ナチズムに対する戦いの同盟者としてのコミュニズムへの理解も共に可能であったと言えます。しかし、マンが亡命先として選んだアメリカは第二次世界大戦後、反共産主義が吹き荒れて民主主義の王国は看板倒れになっていきます。日記の第6巻「１９４６～１９４８」と第7巻「１９４９～１９５０」は、こうしたアメリカの政治状況を克明《こくめい》にとらえています。

例えば、１９５０年7月18日には「スターリンの〈血まみれの図式〉に匹敵《ひってき》するアメリカにおける〈腐敗と偽善〉」と書き、同年8月16日には「１９３３年当時よりも険悪で危険」と書いています。１９３３年春から書いた日記は、日記文学というより人類の愚かさを記した歴史書そのものといってもよいでしょう。

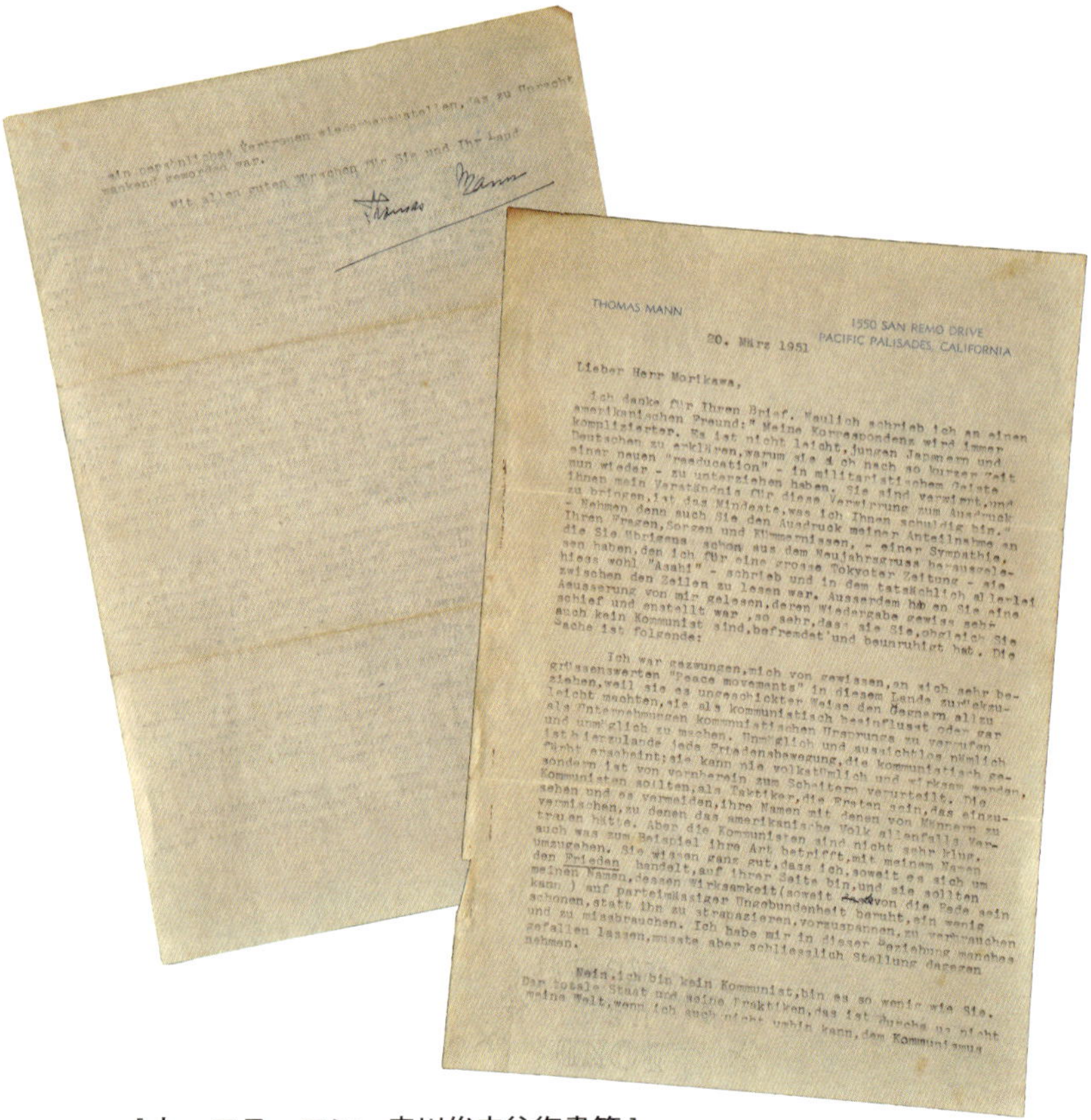
ein persönliches Vertrauen wiederherzustellen, das zu Unrecht
wankend geworden war.
Mit allen guten Wünschen für Sie und Ihr Land

THOMAS MANN
1550 SAN REMO DRIVE
PACIFIC PALISADES, CALIFORNIA
20. März 1951

Lieber Herr Morikawa,

Ich danke für Ihren Brief. Neulich schrieb ich an einen amerikanischen Freund:" Meine Korrespondenz wird immer komplizierter. Es ist nicht leicht, jungen Japanern und Deutschen zu erklären, warum sie sich nach so kurzer Zeit einer neuen "reeducation" - in militaristischem Geiste nun wieder - zu unterziehen haben. Sie sind verwirrt, und Ihnen mein Verständnis für diese Verwirrung zum Ausdruck zu bringen, ist das Mindeste, was ich Ihnen schuldig bin." - Nehmen denn auch Sie den Ausdruck meiner Anteilnahme an Ihren Fragen, Sorgen und Kümmernissen, - einer Sympathie, die Sie übrigens schon aus dem Neujahrsgruss herausgelesen haben, den ich für eine grosse Tokyoter Zeitung - sie hiess wohl "Asahi" - schrieb und in dem tatsächlich allerlei zwischen den Zeilen zu lesen war. Ausserdem haben Sie eine Aeusserung von mir gelesen, deren Wiedergabe gewiss sehr schief und enstellt war, so sehr, dass sie Sie, obgleich Sie auch kein Kommunist sind, befremdet und beunruhigt hat. Die Sache ist folgende:

Ich war gezwungen, mich von gewissen, an sich sehr begrüssenswerten "Peace movements" in diesem Lande zurückzuziehen, weil sie es ungeschickter Weise den Gegnern allzu leicht machten, sie als kommunistisch beeinflusst oder gar als Unternehmungen kommunistischen Ursprungs zu verrufen und unmöglich zu machen. Unmöglich und aussichtslos nämlich ist hierzulande jede Friedensbewegung, die kommunistisch gefärbt erscheint; sie kann nie volkstümlich und wirksam werden, sondern ist von vornherein zum Scheitern verurteilt. Die Kommunisten sollten, als Taktiker, die Ersten sein, das einzusehen und es vermeiden, ihre Namen mit denen von Männern zu vermischen, zu denen das amerikanische Volk allenfalls Vertrauen hätte. Aber die Kommunisten sind nicht sehr klug, auch was zum Beispiel ihre Art betrifft, mit meinem Namen umzugehen. Sie wissen ganz gut, dass ich, soweit es sich um den Frieden handelt, auf ihrer Seite bin, und sie sollten meinen Namen, dessen Wirksamkeit (soweit davon die Rede sein kann) auf parteimässiger Ungebundenheit beruht, ein wenig schonen, statt ihn zu strapazieren, vorzuspannen, zu verbrauchen und zu missbrauchen. Ich habe mir in dieser Beziehung manches gefallen lassen, musste aber schliesslich Stellung dagegen nehmen.

Nein, ich bin kein Kommunist, bin es so wenig wie Sie. Der totale Staat und seine Praktiken, das ist durchaus nicht meine Welt, wenn ich auch nicht umhin kann, dem Kommunismus

[トーマス・マン・森川俊夫往復書簡]

朝鮮戦争さなかの 1951 年、東京大学独文科在学中だった森川俊夫は、アメリカ在住のマン宛に手紙を送った（右）。その返書には「この戦争は帝国主義の人類愛への攻撃」と表現されていた（左）。

[マッカーシズム（赤狩り）のパンフレット（アメリカ）]

「明日はこうなる？」と題した表紙の下に「共産主義支配下のアメリカ」の文字を連ね、ナチスさながらの絵で国民の恐怖心をあおった。

マンにとって、一つの政治体制にどのような名が冠せられるかということより、その政治体制にヒューマニズムの占めうる位置があるか否かが問題でした。ヒューマニズムを共有する限りにおいては、いかに異なった体制の間にも共感が成立すると考えていたのです。したがって、マンには戦後の東西冷戦体制は不可解であり、その象徴としての東西ドイツの分裂を承認できなかったのです。それゆえ、彼は戦後、ドイツに居を移すことによって、居住地として選んだ側に精神的支持を与える結果になるのを危惧《きぐ》して、アメリカからヨーロッパに移ってもスイスに居を構えたし、ドイツを訪問する際には、東西ドイツのいずれにも足を運ぶことにしていたのでした。マンが今も存命だとしたら、ドイツ、日本、アメリカのどこを選んだか、考えるべき時代がやってきましたね…。

【作】クラウス・マン（Klaus Mann）

1906年、ドイツのミュンヘンで、ドイツ人作家のトーマス・マンとユダヤ系ドイツ人のカタリーナ・マンの間に生まれる。1925年、19歳から小説を書き始め、翌年最初の作品を出版。世界恐慌をきっかけにナチスが台頭すると、父トーマスらと反ナチ活動を開始。同性愛者でもあったため偏見の目にさらされ、1933年にオランダに移住。この頃『鉄格子のはめられた窓』などの短編小説を執筆。36年にアメリカに亡命して反ナチ活動を続け、43年にはアメリカの市民権を得てアメリカ兵としてイタリア戦線に出征する。しかし、相次ぐ親友で同性愛相手の自殺で、以後孤独と不安に苛まれ、1949年にフランスのカンヌで睡眠薬自殺を遂げた。主な著書に、『小説チャイコフスキー』（日本語版・音楽の友社刊）、『メフィスト—出世物語』（日本語版・三修社刊）、自伝『転回点』（日本語版・晶文社刊）などがある。

【訳】森川俊夫（もりかわ・としお）

1930年東京生まれ。水戸高等学校、東京大学独文科卒。熊本大学法文学部助手、東京大学文学部助手、電気通信大学専任講師、1961年一橋大学専任講師。西ドイツのチュービンゲン大学へ留学。1963年一橋大学助教授、1971年同教授。1992年定年退官し同名誉教授、同年から2003年まで東京国際大学教授。トーマス・マンの作品を研究テーマにする一方、戦後ドイツ文学界の気鋭、ロルフ・ホーホフートの『神の代理人』（白水社、1964）、『兵士たち ジュネーヴ鎮魂歌』（白水社、1967）、『ゲリラ 五幕悲劇』（越部暹共訳、白水社、1971）などを翻訳。その後『トーマス・マン全集 11 非政治的人間の考察』（新潮社、1972）、『トーマス・マン全集 1 ブデンブローク家の人々』（新潮社、1972）などのトーマス・マン作品の翻訳を手掛け、1988年から2016年にわたり『トーマス・マン日記』全10巻（共訳、紀伊國屋書店）の編訳・刊行に携わった。全10巻が外国語に翻訳されているのは日本語だけであり、2016年の日本翻訳出版文化賞が紀伊國屋書店に贈られたが、訳者の森川俊夫の粘り強い努力の賜物である。

【絵】梅田紀代志（うめだ・きよし）

1940年生まれ。挿絵画家。CM制作会社でアニメーション制作に従事したのち、イラストレーターとして独立。少年雑誌の挿絵や図鑑の標本画などを中心に活動し、その後、歴史画に転じる。『世界人物百科』（日本図書センター）をはじめとする書籍、歴史資料集などを舞台に活躍している。主な著書に『『古事記』の世界』（小学館）、『日本仏教の開祖たち』（全5巻、PHP研究所）、『江戸川乱歩とその時代』（PHP研究所）などがある。

◆ 写真協力　晶文社、ドイツ観光局、Bayerische Schlösserverwaltung、Lübeck und Travemünde Marketing GmbH
※一部の写真はクリエイティブ・コモンズのライセンス形式に則り掲載しております。
◆ 地図製作　ジオカタログ、ハユマ（田所穂乃香）
◆ 撮影協力　柳平和士
◆ 執筆協力　尾方一郎（一橋大学教授）
中村明（元共同通信編集委員、1970年一橋大学社会学部卒、元森川ゼミ在籍）
◆ 編集協力　スペースアルファ（安部直文）、川添能夫
◆ 編集・装幀・本文デザイン　ハユマ（戸松大洋、小西麻衣、田所穂乃香、大場みのり）

鉄格子のはめられた窓—ルートヴィヒ二世の悲劇—

2017年 1月20日　初版第1刷印刷
2017年 1月25日　初版第1刷発行

著　者　クラウス・マン
訳　者　森川俊夫
絵　梅田紀代志
発行者　森下紀夫
発行所　論 創 社
東京都千代田区神田神保町 2-23　北井ビル
tel. 03（3264）5254　fax. 03（3264）5232　web. http://www.ronso.co.jp/
振替口座　00160-1-155266
印刷・製本／中央精版印刷
ISBN978-4-8460-1587-9